異世界でいきなり経験値2億ポイント手に入れました

Suddenly I Got 200 Million Experience Points in Another World.

雪華慧太 Yukihana Keita

Illustration：クロとブチ

Main Characters
主な登場人物
リンダ
パトリシアの侍女。
元気がよく機転が利く。
関西弁に似た言葉を話す。
パトリシア
獣人の国の王女。
飛竜騎士団を率いる
優れた騎士で、
国や仲間の誇りを重んじる。
カズヤ
本編の主人公。
職探し中に女神の手違いで落命。
異世界に転生した後、
『光の勇者』として戦うことに。

アンジェリカ
エルフの国の第三王女。
プライドが高く勝気な性格。
優秀な魔道士でもある。
ロファーシル
アンジェリカを補佐する剣士。
大陸でも名の知れた実力者で、
カズヤに戦いを挑む。
セレスリーナ
パトリシアの母で獣人たちの女王。
国の窮地を救ったカズヤを
勇者として歓迎し、助力を請う。
アッシュ
獣人の騎士団で
飼育されている飛竜。
実力は十分だが
やる気にムラがあり、
持て余されている。

1、プロローグ

「だから謝ってるじゃない。ほんと往生際《おうじょうぎわ》の悪い男ね、そんなことだから無職《むしょく》なのよ！」

目の前で偉そうに足を組んで座っている少女は、俺を冷たい目で見つめながらそう言った。

見た目は十六歳ぐらいで、白いドレスに身を包んでいる。

「くっ！　それが謝ってる奴の態度かよ!?」

白く広大な空間には今、俺とこの少女しかいない。

美しいブロンドヘアの少女。

俺がこんなところにいるのは、全てこいつのせいだ。

それなのに、あろうことかその美少女は、面倒くさそうに舌打ちをした。

「で、私にどうしろっていうの？」

完全に開き直ったその態度。これが女神《めがみ》だというのだから世も末である。

俺は佐倉川《さくらがわ》一哉《かずや》、二十八歳。

三か月前までは、とある企業でサラリーマンをしていたのだが、会社が倒産し職を失った。

それからは失業保険を貰いながら新しい職を探すものの、中々これといったものが見つからない。流石《さすが》にアラサーにもなって、いつまでも無職というわけにもいかず、俺は毎日頑張って再就職先を探した。

そして、ようやくこれだと思える会社の最終面接も終わり、採用が決まりかけていた矢先……俺はあっけなく死んだ。

つい先程の話である。面接が終わり、これでようやく無職ともお別れかと、帰りがけに居酒屋で軽く一杯やって店を出た瞬間、俺は倒れた。

そして気が付いたらこの場所にいたのだ。そう、女神と名乗る金髪の少女がいる、この白い光に満ちた空間に。

俺は怒りを堪《こら》えながら、なるべく冷静な態度で少女に望みを伝える。

「だから、俺を元いた世界に戻してくれよ。俺が死んだのは、そっちの手違いだったんだろ？」

「しつこいわね。それはもう無理だって言ったでしょう？　こっちにだって色々ルールがあるのよ。何度も説明したじゃない。もしかして馬鹿なの？」

一言多い女神にキレそうになる。どうやら俺は、女神の手違いで死んだらしい。まだ寿命《じゅみょう》が腐《くさ》る程余っている俺を、誤って昇天《しょうてん》させてしまったそうだ。

怒り心頭《しんとう》に発《はっ》する俺を一瞥《いちべつ》し、美少女女神はまだぶつぶつと言う。

「どうせ大した人生でもなかったんでしょう？　いい歳して無職だったんだから」

「ぐっ!!」

言わせておけば……この女。

もう少しで再就職先が決まりそうだったのに、お前のせいで死んだんだろうが。

第一、間違いで殺されたんじゃあ、たまったものではない。

女神は面倒くさそうに俺に言う。

「その代《か》わり、違う世界で生きられるようにしてあげるって言ったでしょう？　丁度《ちょうど》一年前、別の神がミスをして死なせちゃった人間がいる世界があるのよ。向こうの世界にもイレギュラーな席が一つ空《あ》いてるってわけ。グッドタイミングね」

何がグッドタイミングだ、他人《ひと》の人生だと思いやがって！

アニメや漫画の中での話ならまだしも、この歳で見たこともない世界に放り込まれるなんて御《ご》免《めん》だ。

声には出さなかったが、俺の考えていることは女神に筒抜《つつぬ》けのようで、勝手に答えてくれる。

「だから、力を二つあげるって言ってるじゃない。あんたがこれから行く世界の、全ての言葉を理解出来る能力。そして、あらゆるものを鑑定《かんてい》出来る眼。これなら向こうに行っても言葉が通じるし、何か分からないことがあっても、鑑定すれば困らないでしょう？」

「そりゃあ、平和な世界に行くならそうだけど。そうじゃないだろ？」

この女神の話では、俺がこれから行く世界は、今までの世界とは全く違う。

剣や魔法はもちろんだが、魔物や魔王までいるという、アニメ顔負けの世界である。

「何よ、喜びなさいよ。あんたが好きなゲームと同じ、剣や魔法の世界なのよ？　実際に行けるなんて良かったじゃない。エルフやケモ耳だっているんだから」

「エルフにケモ耳……だと？」

俺がどんな趣味嗜好《しゅみしこう》を持っているかまで、完全にお見通しだ。

確かにエルフやケモ耳美女は男のロマンではある。

……いやいや、冷静になれ。

俺はゲームの主人公じゃない、そんなものにホイホイと乗せられて異世界とやらにいったところで、生き抜く自信がない。無職のまま野垂《のた》れ死《じ》にしそうだ。そのあたりを必死に女神に説明する。

「それはゲームだから好きなんであって、実際に魔物や魔王までいる世界にいきなり飛ばされるのを、喜ぶ奴がいるかよ！　だったらせめて、もっと役に立つ能力をくれよ。強い魔物も一撃で倒せるようなチート能力とかさ」

これがアニメかラノベなら、それぐらいのチート能力を貰えるはずだ。

魔法どころか剣すら使ったこともないのに、いきなりそんな物騒《ぶっそう》な世界に飛ばされる身にもなってほしい。

平凡なサラリーマン……いや今は無職だが……とにかくそんな俺がモンスターになんか出会ったら、どう考えても勝ち目はない。

はい喜んでと受け入れて、異世界の化け物に生きたままマルカジリされるとか、絶対に嫌だ。

「調子に乗らないで！　神界《しんかい》の規約でもこういう時は【全言語理解《ぜんげんごりかい》】と【鑑定眼《かんていがん》】を与えてさっさと追い払う……こほん、異世界で第二の人生を与えるって決まっているのよ」

女神は『神界トラブルマニュアルQ＆A　～クレーム対策虎《とら》の巻～』と書かれた分厚《ぶあつ》い本を取り出して、ペラペラとめくりながらそう言った。

ついに本音《ほんね》が出やがった。完全にクレーマー扱いである。

この押し問答《もんどう》も何度目だろう。俺は脱力して溜《た》め息をついた。

「……分かったよ。もう好きにしてくれよ」

人生、諦《あきら》めが肝心《かんじん》だ。

何しろ相手はこれでも一応女神だ。これ以上口答えして、地獄《じごく》にでも突き落とされてはかなわない。

それなら異世界のほうがまだましだ。

どうせ、今までの世界にはもう戻れないらしいからな。

くそ！　こんなことなら貯金《ちょきん》を全部使って、遊び惚《ほう》けてやればよかった。

俺が心の中でそう愚痴《ぐち》っていると、女神は満足そうに笑って指を軽く振る。

「分かればいいのよ、分かれば」

同時に、俺の体は白い光に包まれていく。

「これ以上ごちゃごちゃ言われると面倒だから、一気にいくわよ！」

「お、おい。何するつもりだよ！」

『一気にいく』ってどういうことだ？

女神は俺を見るとニッコリと笑った。

「心配ないわよ。向こうに着くまでは一応私の加護《かご》があるから、安心しなさい」

「うぉ!?」

その瞬間！

俺は、自分がまるでロケットにでも乗せられたかのように、勢いよく飛ばされるのを感じた。

今までいた白い空間を突き破り、気が付くと宇宙空間を物凄い速さで飛んでいる。

それが異世界の宇宙かどうかも、俺には分からない。

あまりのスピードに、瞬《またた》く星の光は次々と視界の隅《すみ》へ消えていく。

「おい……嘘《うそ》だろ」

ふと、俺は自分の体が一つの星に向かっていることに気付いた。

このままの速度で行ったら、あっという間にあの星に激突だ。

「うぁあああ!!　あのくそ女神！　覚えてやがれ!!」

まるで弾丸《だんがん》のように、凄まじい勢いで地表《ちひょう》に突き進んでいく。

その時、俺は早くも二度目の死を覚悟《かくご》していた。

◇　◇　◇

一哉が、女神の力で異世界に飛ばされる少し前のこと。

彼が飛ばされることになる異世界の星、ローファルにある獣人たちの王国アルーティアは、国の存亡《そんぼう》の機におちいっていた。

その原因は、王宮《おうきゅう》の上空を覆うように現れた、黒い影。

空を見上げ、それが、ある生き物の漆黒《しっこく》の翼《つばさ》だと知った者は皆、絶望した。

百メートルは優《ゆう》に超《こ》えるであろう巨体と、禍々《まがまが》しい顎《あご》。見る者を恐怖におとしいれるドラゴンだ。

アルーティア城下の民《たみ》は、それを見上げて口々に囁《ささや》いた。

「あれが邪竜《じゃりゅう》メルドーザ……ああ、もう終わりだ」

「いくら王国の飛竜騎士団《ひりゅうきしだん》でも、とてもあんな化《ば》け物《もの》には……」

「帝国は、あんな化け物まで操ることが出来るのか？」

帝国というのは、バルドギア帝国と呼ばれる大陸一の強国のことである。

噂《うわさ》では魔族と手を結び、領土《りょうど》を拡大しているという。

その魔手《ましゅ》が、いよいよこのアルーティア王国にも及《およ》んだことを、巨大な邪竜の姿が告げていた。

王宮の中庭では一人の少女が、その邪竜を目にして思わずよろめいていた。

彼女の名はリンダ、この国の王女パトリシアの侍女《じじょ》だ。メイドのような服装は、王宮の侍女の証である。

少女の生まれ故郷《こきょう》である、アルーティア王国の西に位置する町、オーサカの訛《なま》りが独特である。

赤毛で活発《かっぱつ》そうなその少女の顔には、絶望の色が浮かんでいた。

「ああ、もうあかん……私ら、死ぬんや」

頭に大きな猫耳が付いているのは、獣人族《じゅうじんぞく》の特徴《とくちょう》だ。

「くっ！　帝国の連中め！　あのような化け物で、このアルーティアを蹂躙《じゅうりん》するつもりか!!」

リンダの前に立ち、空を見上げて怒りをあらわにしている別の少女。

彼女の美しさは、際立《きわだ》っている。

天空から舞い降りた戦女神《いくさめがみ》のような、凛《りん》とした美貌《びぼう》。銀狼族《ぎんろうぞく》に特有の、月光《げっこう》色の髪と大きな狼《おおかみ》耳。

見事な細工《さいく》が施された、銀色の鎧に身を包んだ女騎士。

彼女こそ、リンダが仕える主人、第一王女パトリシアだ。

その凛々《りり》しくも美しい姿から、『アルーティアの姫騎士《ひめきし》』と呼ばれている。

武勇《ぶゆう》に優《すぐ》れ、十六歳にして王国の飛竜騎士団を率いていた。

「リンダ！　私が飛竜で出る!!」

「姫様、あきませんて。いくら姫様でも、そりゃ無茶《むちゃ》ですわ！」

リンダは思わずそう叫んだ。

いくら飛竜に乗って戦ったとしても、勝ち目があるとは思えない。

その時――

上空から何者かの声が聞こえた。

「これはこれは。流石はアルーティアの姫騎士と呼ばれるお方、勇《いさ》ましいことですな。邪竜メルドーザに、飛竜ごときで立ち向かおうとなさるとは」

その男の背には黒い翼が生えていた。

まるで鳥のように空を舞い、パトリシアたちがいる王宮の中庭に下りてくる。

「き、貴様《きさま》は魔族!? 帝国が魔族と組んだというのはやはり本当だったのか！」

パトリシアの言葉に、地面に下り立った男はわざとらしく恭《うやうや》しい礼をする。

男の持つ赤い瞳と黒い翼は、高位《こうい》の魔族の証だ。

（あかん……邪竜だけでもどうにもならへんのに、高位の魔族まで現れるなんて。帝国はいったいどれ程の力を持ってんねん。この国はほんまに終わりなんか？）

リンダはそう思いながら、目の前の男を呆然《ぼうぜん》と眺めていた。

男は機嫌《きげん》良く自己紹介を始める。

「我が名は、魔将軍《ましょうぐん》ロダード。強大な力で大陸を支配なさろうという、バルドギア帝国皇帝陛下《こうていへいか》のお気持ちに、このロダード、いたく感銘《かんめい》を受けましてね。どうです？　大人しく降伏《こうふく》すれば、邪竜を引いて差し上げても良いのですよ？」

それを聞いてパトリシアは叫んだ。

「誰が帝国などに！　帝国の非道《ひどう》は知っている。その上貴様らのような邪悪な魔族の力まで借りるとは！　アルーティアの誇《ほこ》りにかけて、死んでも屈《くっ》するものか!!」

「服従《ふくじゅう》よりは死を選ぶ。ほう、姫君はそれで良くても民は哀《あわ》れですなぁ」

ロダードは右手に黒い宝玉《ほうぎょく》を掲《かか》げる。

「皇帝陛下の魔力が込められたこの宝玉があれば、邪竜メルドーザさえ思いのまま。あのお方の魔力には、魔族のこの私でさえ舌を巻《ま》く。人というよりは、魔王の名が相応《ふさわ》しい。そのお方に逆らうとは、獣人の姫も愚《おろ》かなものよ」

「黙れ！　ならば貴様を倒して、その宝玉を砕《くだ》いてくれる！」

ロダードは、亡国《ぼうこく》寸前の王女を嘲笑《あざわら》うかのように挑発する。

「この私相手に、そのような真似《まね》が出来ますかな？」

辺りに緊張が走ったその時――！

宮殿《きゅうでん》の方から、何者かの声が響いた。

「パトリシア、おやめなさい！」

宮殿から中庭に一団が現れた。

パトリシアとよく似た銀狼族の美女と、彼女を守るように立つ多くの騎士や侍女たち。

その美女の姿を見て、パトリシアは叫んだ。

「母上！」

現れたのはパトリシアの母親で、この国の女王であるセレスリーナだ。

聖なる力を持つ聖女《せいじょ》でもある。清楚《せいそ》なその美しさは、まるで地上に舞い降りた女神のようだ。

唇を噛《か》み締《し》めながらセレスリーナは言った。

「……降伏しましょう。民を救うにはもうそれしかありません」

「母上、何を言うのです！　私は最後まで戦います！」

「なりませんパトリシア！　この国の女王として命じます、降伏して民の命を救うのです！」

黒い翼を広げた魔族は、それを見て高らかに笑う。

「どうやら決まったようですな。くく、女王の決断であれば、誰も文句は言えまい。だが、生意気《なまいき》な小娘《こむすめ》が二度と反抗《はんこう》せぬように、我らの力を思い知らせてやろう。やれ、邪竜メルドーザよ！」

ロダードが持つ黒い宝玉が鈍《にぶ》い光を放つ。

セレスリーナは目を大きく見開いた。

「そんな！　何をするつもりです⁉」

王宮の上空にいる巨大な竜の首が、城下町の方を向いた。

その喉元《のどもと》が光を放ち始める。強力なブレスが放たれる前兆《ぜんちょう》だ。

リンダは思わず後ずさった。

「あかん、城下町にブレスを吐くつもりや！　みんな死んでまう‼」

いきなり現れた邪竜に対して、城下の避難はまだ終わってはいないだろう。

パトリシアは、腰《こし》の剣を抜くとロダードに斬りかかった。

「やめろ！　城下の者は武人《ぶじん》ではない！　この悪魔め、やめろぉおおおお!!」

残忍《ざんにん》な高位魔族の目が赤く輝く。

「くくく、姫騎士などと呼ばれておっても所詮《しょせん》は小娘！　高位魔族たるこの私には触れることすら出来んわ！　そこでお前の民が黒い炎に焼かれて死んでいくのを見ておれ!!」

「くっ！　うぁあああ!!」

パトリシアの体はロダードの強大な魔力で縛《しば》り上げられた。【拘束《バインド》】の魔法である。

王女ばかりか、周囲の騎士たちも身動き一つとれない。戦う力のある武人は、全て拘束《こうそく》されてしまった。

その一方で、巨大な竜が今にも城下へブレスを放とうとしている。

女王セレスリーナは、両手を胸の前で合わせて神に祈った。

（ああ、神よ……どうかそのご慈悲《じひ》で、城下の民をお救いくださいませ！）

絶体絶命の状況下で、女王の美しい瞳は確かに見た。

王宮の遥《はる》か上空からこちらに向かって一直線に落下してくる、白く輝く光を。

◇　◇　◇

「うぉおおおおおお!!」

凄まじい勢いで飛びながら、俺は叫んでいた。

宇宙空間から大気圏《たいきけん》に突入し、一直線に地面に向かって落下したら、誰だって泣き叫ぶだろう。

しかも俺の視線の先には、何かがいる。

「おい……嘘だろ？」

超スピードで飛んでいる俺には、すぐにその姿がハッキリと分かった。

漆黒の竜だ。しかも馬鹿デカい！

「うぉおおお！　死ぬぅうう!!　覚えてやがれあの女神！　化けて出てやるからな!!」

あんなものに直撃したら、間違いなく即死《そくし》だ。

いや、どうせ地面に叩きつけられたら死ぬんだから、同じではあるんだが。

その時！

巨大な竜は俺の存在に気が付く。

それと同時に、漆黒のブレスを俺に向かって吐いた。

「ひぃいいいい！」

完全に終わった。あんなもんを喰らえば、こんがり焼けるどころか一瞬で灰になるだろう。

そう観念《かんねん》した瞬間、俺の体はその黒いブレスを突き破って進んでいた。

俺の周辺の白い光が、瘴気《しょうき》のような黒い炎を浄化《じょうか》している。

こちらを敵と認識したのか、落下する俺を巨大な顎で呑み込もうとするドラゴン。

「うぁあああ!!」

今度こそマジで終わった。

異世界に来て、いきなりドラゴンに丸かじりされるとかあり得ねえ。

俺の体は漆黒のドラゴンの巨大な口に呑み込まれ、その体内に落ちていく。

ただし……ドラゴンの体をぶち破りながら。

「うぉおおおお！　どうなってんだこれ!?」

俺の体を包む白い光が、ドラゴンの体を突き破っていく。

何が何だか分からないが、とにかく俺はまだ生きているようだ。

宇宙から放たれた人間砲弾《ほうだん》のごとく、俺はその巨大なドラゴンを貫《つらぬ》いた。

視界の隅で、白い炎が巨大な竜を焼き尽くす。

安心したのも束の間、すぐに地面に激突する！

「ひぃいいいいいい!!」

情けない声を上げた俺は、意外なことに地面には激突せずにふわりと着地した。

「……生きてる？　俺生きてるのか？」

その時、俺の頭の中で声が響いた。

『邪竜メルドーザを倒しました。経験値《けいけんち》を二億《おく》三千五百二十三ポイント手に入れました。レベルが上がります、無職のレベル1からレベル999になりました。もうレベルは上がりません。【遊び人】と【邪竜殺し】の称号《しょうごう》を手にしました。ユニークスキル【趣味《しゅみ》】を覚えました』

まるで、ゲームでレベルが上がった時のようなアナウンスだ。

経験値二億とか、ふざけているのかと思えるような内容である。

それに……

遊び人？　ユニークスキル？　一体何のことだ。

全く状況が掴《つか》めない中、俺は辺りを見渡した。

白く巨大な建造物が見える。まるで中世《ちゅうせい》ヨーロッパの城だ。ここはその中庭らしい。

そして離れた所に立つ二人の女性を見て、俺の背筋は自然とシャンとした。

何だ、この美女と美少女は……

見たこともない程の美女と、気が強そうな美少女がこちらを呆然と眺めている。

美女の方は、清楚な白いドレスが似合う女性だ。

頭には女王様がするような、美しいティアラを着けている。

美少女の方は十五、六歳だろうか。女騎士風の格好《かっこう》で手に剣を持っていた。

問題は彼女たちの頭についている大きな耳だ。

髪と同じ銀色の大きな耳、いわゆるケモ耳である。

二人の美しさとも相まって、思わず目が釘付《くぎづ》けになる。
……いやいや、今の問題はそこじゃないだろ！
俺は思わず自分に突っ込んだ。
呑気《のんき》にケモ耳美女たちに見とれている場合じゃない。
周りには、西洋の騎士に似た格好をした兵士たちの姿が見えた。
彼らも一様に呆然としながら、俺とあの巨大な竜がいた空を交互《こうご》に眺めている。
どうやらここは異世界のどこかの国の城の中庭で、目の前の美女は王族のようだ。
俺は上を見る彼女につられて、もう一度空を眺めた。
シーンと静まり返ったこの雰囲気……何とも気まずい。
「は……ははは」
沈黙《ちんもく》に耐え切れずに、思わず愛想《あいそ》笑いをする。
何だか知らないが、やっちまった感が満載《まんさい》だ。
先程の巨大な竜は、白い炎に焼き尽くされて消えていた。
未だに俺を白く包んでいる、女神の加護とやらの力のせいらしい。
呆気《あっけ》に取られて、こちらを見つめる皆の視線がむずがゆい。
もしかしてあのデカいドラゴン、この城で飼《か》ってたってことはないだろうな？
そうじゃなきゃ、城の上空にあんなヤバいのがいるのはおかしい。

ファンタジー系のゲームにも人を乗せて飛ぶ竜がいるしな。……にしてはデカすぎだと思うのだが。

俺は恐る恐る口を開いた。

「あ、あのですね。すみません……もしかして、あのドラゴン、皆様方の飼いドラゴンでしたか？」

自分で言っておいてなんだが、飼い犬や飼い猫じゃあるまいし、言うに事欠《ことか》いて飼いドラゴンはないだろう。

その時、女騎士風の美少女が俺の方を見て叫び声を上げた。

「危ない！　後ろだ‼」

思わず俺は背後を振り返る。

すると――

「うぉ‼」

何者かが漆黒の剣を、俺に向かって振り下ろしてきた。

やばい！　死ぬ‼　そう直感すると同時に、辛《かろ》うじてその剣をかわす。

自分でも信じられないような動体視力《どうたいしりょく》と身のこなしだ。

体が羽根《はね》のように軽い。

そういえば、さっきレベルが９９９になったとか聞いたな。その影響だろうか？

俺は相手と距離を取り、怒りにまかせて睨《にら》みつける。

「くっ！　いきなり何を⁉」

いくら何でも、人の話を聞かずにいきなりぶっ殺そうとすることはないだろう。

俺を襲った男の背中には黒い翼が生えていた。右手には漆黒の剣、左手には黒い宝玉を持っている。

執事《しつじ》のような燕尾服《えんびふく》を着て、実に嫌味《いやみ》な表情だ。

そして、頭には悪魔《あくま》を思わせる角《つの》が二本生えていた。

周りの獣人たちと比べて、明らかにこいつだけ雰囲気が違う。

何だこいつ⁉

その思いに反応したのか、頭の中で声が響いた。

『【鑑定眼】を使用します』

アナウンスと同時に、脳裏《のうり》に相手の情報が浮かんできた。

名前：ロダード・ファロルゼン
種族：魔族
職業：魔剣士　レベル758
力：27000
体力：38400

魔力：35000
速さ：23200
幸運：15700
魔法：【暗黒《あんこく》魔法Sランク】【火炎《かえん》魔法Sランク】【氷結《ひょうけつ》魔法Sランク】【電撃《でんげき》魔法Sランク】
物理スキル：【剣技《けんぎ》Sランク】【槍技《そうぎ》Sランク】
特殊魔法：【拘束《バインド》】
特殊スキル：【暗黒剣】
ユニークスキル：【絶望の光】
称号：【魔将軍】【漆黒の殺戮者《さつりくしゃ》】

どうやらこれが女神が言っていた【鑑定眼】の力らしい。

それにしても……

おいおいおい！　魔族ってなんだよ。しかも称号に魔将軍とか漆黒の殺戮者とかあるしさ。

絶対ヤバい奴だ。ステータスの数値だって、どう見ても普通じゃない。

これがゲームなら、間違いなくボスクラスだ。

ロダードという魔族は、剣を片手にこちらを見据《みす》えると、怒りをあらわにした。

「何者だ貴様！　まさか、貴様がメルドーザを？　人間ごときが、ありえぬ……」

先程の一撃をかわしたのが気に障《さわ》ったのか、目の前の魔族の殺気《さっき》がさらに膨れ上がる。

背中に冷たい汗が流れた。

相手はこちらを警戒しているようで、俺を観察しながら様子を窺《うかが》っている。

救いがあるとしたら……

こっちの獣人たちは敵じゃないみたいだな。

さっき俺を助けるために声を上げてくれたところをみると、あの美少女騎士たちとこいつが仲間じゃないことぐらいは見当《けんとう》がつく。

聖女のように清《きよ》らかなあの美女に至るや、雰囲気も魔族とは真逆《まぎゃく》だからな。

その聖女様は、祈るように胸の前で両手を合わせて俺を見つめる。

「ああ、その白い輝き。私には分かります、貴方《あなた》はアルーティアの大いなる石碑《せきひ》に刻まれた『光の勇者』。どうかこの国の民をお救いくださいませ！」

「え？」

私には分かりますって……悪いけど完全に人違いだ。

だが、その声に周りの騎士たちが一斉《いっせい》に頷《うなず》き始める。

「おお！　間違いない。石碑には確かに『この国に滅びの危機が訪《おとず》れし時、天から一筋《ひとすじ》の光現れん。その者、勇者なり。世界を救う光の勇者なり』と記されている！」

「このお方こそきっと！」

「「「おおお！　勇者様!!」」」

それを聞いて俺は慌《あわ》てた。

「いや、ちょっと待ってくれって!!」

盛り上がる騎士たちを見て、俺は叫ぶ。

伝説の勇者が、こんな格好で現れるわけないだろ！　剣と盾《たて》ぐらい持ってるはずだ。

滅びの危機とやらにリクルートスーツでやってくる勇者がいたら、間違いなく空気が読めないタイプだ。

否定しようとしたが、聖女様に潤《うる》んだ目で見つめられて俺は思わず赤面した。

こんな美女に期待のこもった目で見られると、『いいえ違います』とは言いにくいのが男というものである。

「この凛々しいお顔。間違いありません!!」

「「「おおお！　やはり！　聖女であるセレスリーナ女王陛下が仰《おっしゃ》るのであれば間違いない！」」」

どうあっても俺を勇者にしたいらしい。

だが一人だけ冷静そうな、侍女風の猫耳娘がぼそっと呟いた。

「……凛々しい？　どっちかっちゅうと頼んない雰囲気やん、ほんまに勇者かいな？」

聞こえてるぞ！

レベルが９９９になったからか、動体視力だけではなく聴覚《ちょうかく》まで鋭くなっている。

大体、俺なんて元々は平凡《へいぼん》なサラリーマンだからな。

勇者になるような奴に比べたら、頼りないに決まっている。

いや、今重要なのはそこじゃない！

さっき騎士の一人が『この国に滅びの危機が訪れし時、天から一筋の光現れん。その者、勇者なり。世界を救う光の勇者なり』って言っていた。

つまり俺は、そんなヤバいことが起きているど真ん中に降ってきたわけだ。

マジで、あのくそ女神はいい加減だな！　送り先ぐらい確認しやがれ。

そんな中、ロダードはゆっくりと黒い翼を広げていく。

「光の勇者だと？　知らんな。いずれにしても、貴様はこの俺が血祭《ちまつ》りに上げてくれるわ。この魔将軍ロダードがな！」

俺を見据えるロダードの瞳が真紅《しんく》に染まった。

「【拘束《バインド》】！」

そう言い放つロダードを前にして、俺は立ち尽くした。

それを見てロダードは満足そうに笑うと、右手に剣を持ったまま歩み寄ってくる。

「どうだ？　動けまい」

ロダードの特殊魔法の項目にあった【拘束《バインド》】というやつだろう。

赤い光が俺を縛るように包み込む。

そういえば、あの美少女や周りの獣人の騎士たちも同じ光に包まれている。

さっき俺をディスっていた猫耳少女が叫ぶ！

「あかん！　姫様たちを縛り付けとる魔法や!!」

隣にいる美少女騎士が唇を噛み締めた。

「おのれ、魔族め！」

先程から女王と侍女たち以外は、声は発しても身動きはしないと思っていたらそういうことか。

戦闘要員はもう拘束済みなのだろう。ロダードがドヤ顔で俺の前に立つ。

「くくく、獣人どもよ。お前らの勇者とやらが惨《みじ》めに死んでいく様《さま》を見るがよい！」

ロダードはわざと獣人たちに見せつけるように、ゆっくりと剣を振り上げる。

無抵抗な俺の姿を見て、女王セレスリーナは祈るように声を上げた。

「ああ、勇者様!!」

勝利を確信したロダードが、嘲笑いながら俺を見下ろしていた。

漆黒の剣が俺に振り下ろされる。

次の瞬間――――！

「ぐふっ!!」

低いうめき声が辺りに響き渡る。だが、それは俺のものではない。

「馬鹿な……」

勝ち誇った奴の顔には、俺の拳《こぶし》がめり込んでいた。

奴の剣をかわした俺のパンチが、カウンターで決まったのだ。

ざまぁみやがれ！　ドヤ顔して人を殺そうとしたお返しだぜ！

セレスリーナたちが喜びの声を上げた。

「勇者様!!」

「「「おお、流石勇者様だ」」」

騎士姿の美少女が、興奮《こうふん》したように叫ぶ。

「見事だ！　何という華麗《かれい》な動き、それが勇者の技か!?」

今読んでるボクシング漫画の見よう見まねだとは、とても言えない。

後は単純に動体視力と身体能力の成《な》せる業《わざ》だ。

つまり、リアル版『レベルを上げて物理で殴《なぐ》れ』である。

例の猫耳侍女も歓喜《かんき》の声を上げた。

「やるやん、おっさん！　いけるで!!」

ちょっと待て、誰がおっさんだ。俺はまだ二十八だぞ！

いや……まあ今はそれどころじゃないか。

パンチを受けて、ロダードはヨロヨロと後ずさる。

「馬鹿な……何故動ける！　この俺の【拘束《バインド》】を喰らって動ける人間など……」

「さあな、分からねえよ。まあ俺には、女神の加護ってやつがついてるみたいだからな」

俺の体を覆う白い光。きっとこれが加護だ。あのくそ女神も、一応女神。

こいつの魔法が効かなかったとしたら、これが原因だろう。

光は当初に比べるとすっかり弱まっているが、まだ有効らしい。

くそ……だけどこの様子じゃあ、もうすぐ消えちまうな。

あいつも向こうに着くまでは、と言っていた。意外にも長いこと活躍してくれたが、本来の制限時間は過ぎている。今も続いているのはおまけみたいなものだろう。

油断《ゆだん》した顔で近づいてきたから、引き付けてワンパン入れたら何とかなるかもと思ってやってみたが……

「おのれ！　よくもこの俺の高貴《こうき》な顔に！　許さん、許さんぞぉおおお‼」

足元がふらついているところを見ると、致命傷《ちめいしょう》とまではいかなくとも相当効いてはいるようだ。

今ならトドメをさせるかもしれない。

さっきの一撃はあいつだってかわせなかったぐらいだ、俺の身体能力もかなり高い。

いけるかもしれん！

倒さなければこっちが死ぬだけだ。こうなったら覚悟を決めるしかない。

俺は拳を握りしめた。その時――

ロダードが突然笑い出した。身の毛もよだつような、狂気《きょうき》に満ちた笑い声だ。

思わず俺は立ちすくむ。

「もう容赦《ようしゃ》はせん！　殺してくれる、貴様ら皆殺しだ！　この魔将軍ロダードのユニークスキル、超絶《ちょうぜつ》魔法【絶望の光】でな!!」

絶望の光……さっき、こいつのステータスに書かれていた技だ。

名前からして魔法系の技なのだろう。

「これは……」

ロダードの頭上《ずじょう》に漆黒の玉が形成されていく。それは黒い光を放ち、ドンドン大きくなっていった。

ヤバい！　これはヤバいやつだ!!

凄まじい程の魔力が、そこに凝縮《ぎょうしゅく》されているのが分かる。

バチバチと黒い稲光《いなびかり》を放ちながら、それは巨大化していった。

超絶魔法というだけのことはある。

あんなものを喰らったら、俺は勿論《もちろん》だがこの場にいる全員が消し飛びそうだ。

くそ！　このままじゃまずい!!

そうだ！　俺にも何か対抗するスキルはないのか？

そもそも自分自身のステータスはどうやって確認するのだろう？

そう思った途端――

『【鑑定眼】を使用します』
例の声が響き、俺の脳裏に情報が浮かぶ。

名前：カズヤ・サクラガワ
種族：人間
職業：無職　レベル999
力：32000
体力：38700
魔力：22000
速さ：35200
幸運：17300
魔法：なし
物理スキル：なし
特殊魔法：なし
特殊スキル：【鑑定眼】【全言語理解】
ユニークスキル：【趣味】
称号：【遊び人】【邪竜殺し】

マジかよ！　これが俺のステータスか？　メチャクチャ強いな！

流石はレベル９９９だけはある。

ステータスだけ見れば、魔力以外は俺の方が上だ。

ユニークスキルの【趣味】が戦闘に使えるとは思えないが、これならいけるかもしれない。

幸《さいわ》いなことに、俺の体はまだ淡《あわ》く光っている。

あのくそ女神の加護があるうちに、ドラゴンの時みたいに突っ込んでいけば……

しかし、期待《きたい》を裏切《うらぎ》って白い光は消えていった。

「嘘だろ……」

どうやら時間切れのようだ。

「くそ！　どうすりゃあいいんだ！」

俺は藁《わら》にもすがるような気持ちで、まだ内容不明のスキルを確認する。

ユニークスキル：【趣味】

俺はその部分に意識を集中した。

【鑑定眼】が働いてスキルの詳細が明らかになる。

「これは……」

それを見て、俺は思わず言葉を失った。

『趣味：【ネット】【ゲーム】【映画鑑賞】【一人で食べ歩き】』

は……？

頭に浮かんだ内容を、二度見する勢いで確認する。

いやいや、これ本当に、只《ただ》の俺の趣味じゃねえかよ！　どこがユニークスキルなんだ？

しかも最後の【一人で食べ歩き】は余計なお世話だ。

何人で食べ歩こうが俺の勝手である。

くそが……ボッチだからじゃねえぞ！　一人で食べ歩くのが好きなんだ！

いやいやいや、俺は馬鹿か！　今はそんなことを考えている暇はない。

俺はスキルの詳細をそっ閉じした。

「大体、こんな時に呑気にゲームや映画鑑賞なんてしてられるかよ！」

そもそも、この世界にそんなものはないだろう。

俺の頬を冷や汗が流れ落ちていく。

視線の先には、高笑いするロダードの姿がある。

「ふは！　ふははは!!　どうした？　貴様、光の勇者とやらではないのか？　自慢の光も、もう消え去っておるではないか！」

ちっ……目ざとい野郎《やろう》だ。どうするよ？　俺、また死ぬのかよ！

この場合、死んだらどうなるんだ？　少なくとも、もう一度チャンスがあるなんてことはないだろう。

もとはといえばあのくそ女神のせいだが、あいつのことだ、俺も納得した話だと知らぬ存ぜぬを通すに違いない。

ロダードは満足そうに笑う。

焦りの色が浮かぶ俺の顔を見て、今度こそ勝利を確信したのだろう。

「人間ごときが、高貴なるこのロダード様に傷を負わせたのだ！　貴様らだけは楽には死なせん!!」

そう言って、己《おのれ》の頭上にある黒い魔力の玉を眺める。

「この絶望の光を受けた者は、苦しみ悶《もだ》えながら焼け死んでいくのだ！」

悪趣味な野郎だ。やって来たばかりで、こんな奴にやられるのは癪《しゃく》に障る。

くそが！

その時——

獣人の美少女が、猫耳のメイド姿の少女に叫ぶ。

「リンダ！　私の剣を勇者殿に投げろ!!」

姫騎士はロダードの【拘束《バインド》】で身動きが取れないのだろう。

侍女姿の少女は大きく頷いた。

「姫様！　了解やで！」

侍女とは思えない程軽《かろ》やかに、リンダという少女は姫騎士に駆け寄ると、その手にある剣を掴み取った。

モフモフした彼女の尻尾《しっぽ》が可憐《かれん》に揺れている。

そして、その剣を俺に向かって放り投げた。

「いくで！　勇者のおっちゃん！」

「誰が、おっちゃんだ！」

これぐらいの年頃《としごろ》の少女から見れば、確かに二十八歳はおっさんの部類だろうが、男は傷つきやすい生き物なのだ。

死ぬ直前におっちゃん呼ばわりされては、死んでも死にきれない。

内心で文句を言いながらも、俺はその剣を掴んだ。

姫騎士は俺に向かって叫ぶ。

「その剣はアルーティアに伝わる秘宝《ひほう》、聖剣《せいけん》ファルトシオン。かつて、神の加護を受け戦った四英雄の一人、ジークファルトの剣だ！　神から受けし加護の力を高めてくれると聞く、使ってくれ!!」

姫君の気持ちは嬉しいが、もうあの女神の加護は完全に消えちまってる。

本物の英雄や勇者じゃない俺には、無用《むよう》の長物《ちょうぶつ》だろう。

だけど、気休《きやす》めぐらいにはなるか！

どうせ女神の加護が消えた今となっては、目の前の男からは逃げられない。

しかも、戦えるのは俺だけだ。

剣を持つ俺を、嘲笑う魔族の男。

「くははは！　来い！　貴様ごと皆、焼き尽くしてくれるわ!!」

俺は勝ち誇るロダードの顔を睨んだ。

ドヤ顔しやがって！　気に入らない野郎だ。

どうせ死ぬんだ……だったらこいつに、せめて一太刀《ひとたち》だけでも浴《あ》びせてやるぜ！

俺はまるで野生《やせい》の獣《けもの》のように吠《ほ》える。

「うぉおおおおお!!」

そして、ロダードに向かって一直線に突き進んでいった。

「愚かな奴め！　自《みずか》ら死にに来おったわ!!」

ロダードは大きな翼を羽ばたかせて、後方に飛び上がりながら、頭上の黒い玉をこちらに目がけて放とうとしている。

一太刀浴びせるにしても、空に逃げられたら終わりだ。

逃がすかよ！

俺はもう一度吠えた。

「おおおおおおお!!」

全身に気合《きあい》を込めて、俺はロダードを追う。

猫耳少女と姫騎士が声を上げる。

「姫様！　見てや！　おっちゃんの白い光が、戻っていくで!!」

「勇者殿!!」

これは……

俺の体が淡く光り始める。

消えたと思っていた女神の加護が、微《かす》かに残っていたのだろうか？

まるで残り火が再び燃え上がるかのように、その淡い光が強烈《きょうれつ》に輝き始め、俺の体と聖剣を覆う。

女王セレスリーナの声が聞こえる。

「ああ、輝く聖剣を手にするその姿！　まさしく光の勇者様!!」

ここまで来たら、違うと言うのも野暮《やぼ》だろう。

負けたらどうせ全員死ぬんだ。

なら俺を光の勇者だと信じている方が、救いがあるってものである。

俺を包む白い光を見て、ロダードは怒りの形相《ぎょうそう》だ。

「おのれ！　だがもう遅いわ！　この俺様の超絶魔法を喰らって死ね!!」

ロダードの両手が、勢いよく振り下ろされる。

強大な黒い魔力の塊がこちらに向かって超スピードで放たれた。

剣を握りしめる手に力が入る。

くそったれ！　この際、あのくそ女神の加護でも構わねえ！　やってやるぜ!!

俺の気合に反応したのか、聖剣の光が増していく。

「うぉおおおお!!　裂空十字斬《れっくうじゅうじざん》!!」

まるで手にした剣に導かれるように、俺は技の名前を叫んでいた。

自分でも信じられない速度で振るった剣の軌道《きどう》が、鮮《あざ》やかな十字を描く。

ロダードが驚愕《きょうがく》して叫ぶ。

「何ぃいいい!?　馬鹿な!!」

俺の目の前では、奴が放った巨大な黒い魔力の玉と、俺の剣が作り出した白い十字の光がぶつかり合っている。

その衝撃で、地面がめくれあがっていく。

「おのれぇえ!!」

漆黒の塊《かたまり》にさらに力を注ごうと、両手を突き出すロダード。

それを見て俺も剣を握る両手に力を込めて、全身全霊《ぜんしんぜんれい》で吠えた。

「うぉおおおお!!　行けぇえええええ!!」

その瞬間――

俺の剣は完全に振り下ろされ、十字の光が漆黒の魔力の塊を切り裂き、そのままロダードの体を貫《つらぬ》いた。

ビクンと震える高位魔族の姿。漆黒の魔力の塊は爆音とともに吹き消されていく。

白い光に包まれながら奴は叫んだ。

「馬鹿な！　この俺が、そんな馬鹿なぁあぁ!!」

そう叫びながらロダードは血走《ちばし》った目で俺を捉える。そして、狂気すら感じる声で続けて吠えた。

「おのれぇぇえ！　これで終わったと思うなよ、貴様らはどうせ死ぬのだ！　帝国には皇帝陛下がおられる。魔王ともいうべきあのお方がな!!　いずれ俺以上の力を持つ者たちが、貴様たちを滅ぼすだろう!!」

俺は聖剣を片手に、肩で息をしながらロダードを睨む。

帝国だと？　そんなのは知ったことではない。

とりあえず今は、生き延びるだけで精一杯だったからな。

「うるせえよ、とっとと消えろ！　それはその時になったら考えるぜ」

奴は最後に吐き捨てるように言い放った。

「覚えておれ、貴様らは今日生き延びたことを必ず後悔するだろう！　ふは！　ふはあぁぁあ!!

ぐぁあぁあ!!」

断末魔《だんまつま》の悲鳴《ひめい》と共に、高位魔族は白い光に包まれて消滅していった。

やった……!!

安堵《あんど》した途端、俺は思わずよろめいた。酷い疲労《ひろう》感を覚える。

二人の少女が駆け寄り、そんな俺の体を支えてくれた。

一人は騎士姿の姫、そしてもう一人はあの猫耳侍女である。

ロダードの【拘束《バインド》】は、術者が倒れたことで解けたのだろう。

「勇者殿!!」

「おっちゃん、格好良かったで！　少し惚《ほ》れてしまいそうになったわ！」

俺はふらつきながら笑う。

「おい、おっちゃんはやめてくれよな……」

二人に体を預けたまま、俺は瞼《まぶた》を閉じる。酷く眠い。

「勇者殿！　しっかりしてくれ勇者殿!!」

「おっちゃん！　おっちゃぁあああああん!!」

はは……おっちゃんおっちゃん、うるせえよ。この猫耳娘、起きたら覚えてろよ。

俺はそう思いながらも、どうにか生きているという満足感を抱いて眠りに落ちた。

2、趣味の力

何だか鼻の頭がくすぐったい。
俺は、何かが顔の上で動いている感覚に目を覚ました。
……なんだ？
どうやら、フサフサしたものが俺の鼻先で動いているようだ。
ゆっくりと瞼を開けると、目の前で美しいプラチナブロンドの物体が揺れている。
おい……なんだこりゃあ⁉　どうなってんだ？
俺は、自分が眠りに落ちる前のことを思い出す。
あの嫌味な魔族野郎を何とかぶっ倒した後、強烈《きょうれつ》な睡魔《すいま》に襲われて眠りについた。
辺りを見渡すと、ここはまるで中世ヨーロッパの城にあるような一室だ。
俺はベッドの上に寝かされているらしい。
服装は背広のままだがネクタイは外されている。
多分あの後、誰かがこの部屋に運んでくれたのだろう。
そのまま今まで眠っていたようだ。

まぁ、それはいいとしよう。

問題なのは、俺の胸に覆いかぶさりながら、ムニャムニャと寝言を言っている少女である！

目を覚ました俺の顔のすぐ傍《そば》に、その少女の顔があった。

寝返《ねがえ》りを打ったせいか、ベッドの端《はし》の方で寝ていた俺。

一方で少女は、ベッドの近くの椅子に座っているのだが、そのまま眠ってしまったのか、上半身をベッドの上の俺に預けている格好である。

「むにゃ……勇者殿、この聖剣を……むにゃ」

少女は夢の中で、あの戦いを思い出しているようだ。

俺の鼻の頭をくすぐっていたのは、少女の頭から生えているケモ耳であった。

「お、おい。何してんだ、王女様？」

俺の上で眠っているのは、恐らくこの国の王女だ。あの猫耳娘が「姫様」と呼んでいたし、女王によく似ているから間違いない。

中庭で見た時と違い、鎧を脱いで軽装にはなっているが、白い女騎士風の服装なのは変わらない。

俺の言葉に、ケモ耳の王女はハッと目を覚まし、ぼんやりとした目で俺のことを暫《しばら》く見つめていた。

状況がよく分からないのだろう。

だが、突然正気《しょうき》を取り戻すと目を見開いた。

「はう!!」

慌てたように体を起こす。

とびきりの美少女なのだが、残念なことにその口元からは少しだけ涎《よだれ》が垂《た》れていた。

整った顔立ちなだけに、かえって人には見せられない姿である。

それに気が付いて、慌てて涎を吸い込む王女。

余程慌てていたのか、じゅるっという音が微かに響いた。

「え……えっと」

俺は気まずさのあまり、何とかフォローしようとしたが、いい言葉が浮かばない。

王女は顔を真《ま》っ赤《か》にすると、無言で立ち上がって腰に提《さ》げた剣を抜く。

俺に貸した聖剣は置いてきたのだろう、手に持ったのは短刀である。

その尋常《じんじょう》ではない雰囲気に、俺は思わず声をかけた。

「お、おい！　なんでいきなり剣なんか抜いてるんだ、あんた！」

「くっ！　もう死んでお詫《わ》びするしかない！　母上に、勇者殿を看病《かんびょう》する大役《たいやく》を買って出ておきながら、あまつさえ居眠りをし……それに、このような無様《ぶざま》な姿まで見られるとは!!」

そう言って自分に短刀を向ける王女に、俺は慌てて言った。

「ば、馬鹿！　落ち着け！　俺は何も見てないから！」

そう言いながらも、視線がつい王女の口元に行く。

それを見て、姫騎士は湯気《ゆげ》が出そうな程真っ赤になり、もう一度口元を拭《ぬぐ》った。

「くっ！　いっそ殺せ!!」

リアル、くっころ騎士である。

いやいやいや、そんなことを言っている場合か。

どうやら、王女と騎士と乙女《おとめ》としてのプライドをまとめて一気にぶっ壊されたのが原因のようだが、そんな下らない理由で死なれてはたまったものじゃない。

俺はベッドから飛び起きて、短刀を持つ王女の手を掴みながら揉《も》み合った。

「は、放してくれ！　この国を救ってくれた大恩《たいおん》ある勇者殿の前でこの失態！　万死《ばんし》に値《あたい》する!!」

「いや、だから！　その勇者の俺が別に気にしてねえんだから!!」

実際は勇者とやらじゃないが、この際それは後回しだ。

「はうぅ!!」

「くっ！」

短刀を奪い取ったのはいいが、揉み合った拍子に俺たちは床の上に転がった。

まるで王女を組み敷《し》くように俺が上に乗っている。

「ゆ、勇者殿……」

元の世界でこんな状態を誰かに見られたら、完全に事案《じあん》発生扱いである。

「なんや！　どないしたんや!?」

騒ぎを聞きつけたのだろう。

勢いよく部屋の扉が開いて、例の猫耳娘と他の侍女、それに数名の兵士たちが中に入ってきた。

その全員が、床の上で王女を押し倒している俺を見て呆然としている。

俺はつとめて冷静をよそおいながら言った。

「……落ち着け、言いたいことは分かる。だが、これは誤解《ごかい》だ！」

「何が誤解やねん！　現行犯《げんこうはん》やんか！」

猫耳少女は、尻尾をピンと立てて俺を睨んでいる。

「姫様はな、神殿《しんでん》であんたの回復を祈る女王陛下の代わりに、昨日一晩中あんたの傍についとったんや。大丈夫やから静かに寝かしたりって言うても、目を覚ますまでは傍に居《お》る言うてな。その姫様を襲《おそ》うやなんて、ケダモノや!!」

「だから、誤解だって言ってんだろうが！　この猫耳娘!!」


それから暫くした後、俺はさっきの部屋の中にいた。

傍には王女と猫耳娘がいる。

猫耳娘はうんうんと頷くと言った。

「なんや、そうやったんかいな。おかしいと思ったんや。勇者のおっちゃん、私は信じてたで！」

嘘つけ、お前が一番疑ってただろ！

そう突っ込みたくなったが、まああんな光景を見れば当然だ。

王女を襲った罪で牢《ろう》にぶち込まれなくて、良かったというものである。

「わ、私が悪いのだ……勇者殿にあんな姿を見られて、気が動転《どうてん》してしまった」

ようやく姫様も落ち着いたようである。

冷静に考えれば、あんなことで死ぬ必要なんてあるはずもない。

猫耳娘は俺に体を寄せると耳元で囁いた。

「うちの姫様、顔と剣の腕は超が付く程一流なんやけどな、うぶで性格が真っすぐすぎるねん。昨日もあの馬鹿でかい竜相手に、一人で戦いを挑もうとして肝《きも》を冷やしたで」

自分の主人を、うぶとか言う侍女もどうかと思うが……

王女は先程の騒ぎを思い出したのか、軽く咳《せき》ばらいをするとかしこまった様子で俺に言った。

「申し遅れました、勇者殿。我が名はパトリシア・リグナ・アルーティア、この国の第一王女でございます。この度《たび》は我が国をお救いくださいまして、なんとお礼を言ってよいのか！　女王である母と命を救われた民に代わりまして、お礼申し上げます。それから、こちらはリンダ、私の侍女を務める者。どうかお見知りおきを」

あんな姿を見た後に、今更だとは思いながらも俺は自己紹介をした。

「俺の名前はカズヤ。カズヤ・サクラガワだ。パトリシア王女、それからリンダ、よろしくな！」

「うむ、勇者殿！」

「おっちゃん、よろしく頼むで！」

その時、俺の腹の虫が勢いよく『ぐぅ〜』と鳴いた。

当然だろう、リンダの話では昨日から丸一日眠っていたようだからな。

すると頭の中で声が響いた。

『強い空腹《くうふく》を感知しました。ユニークスキル【趣味】の【一人で食べ歩き】を使いますか？』

なんだ、一人で食べ歩き？

例の全く役に立ちそうもないスキルの一つか？

俺は不思議そうにこちらを見つめている二人の少女の前で、一人首を傾げていた。

確かに腹は減っている。

だが……

『ユニークスキル【趣味】の【一人で食べ歩き】を使いますか？』

って言われてもな。

いったい使ったらどうなるっていうんだ？　意味が分からない。

そう思って躊躇《ちゅうちょ》していると、俺の腹がもう一度ぐぅと鳴る。

マジで腹減ったよなぁ。くそぉ、もし日本にいたらこんな時は、絶対あの店で食うんだけどな！

学生時代から通《かよ》っている洋食屋を思い出す。

メチャクチャ腕のいいマスターがいて、そもそも食べ歩きが趣味になったのもあの店がきっかけである。

よく考えたら、あの店にも二度と行くことは出来ないんだよなぁ。

そう思ったら余計に腹がすいてきた。

その時、再び頭の中で声が響く。

『希望店舗《てんぽ》は了解しました。ちなみにスキルポイントが七百二十七万ポイント溜まっています。千ポイント使えば半径三メートル以内の方と【みんなで食べ歩き】が出来ますが使用しますか？　それともやっぱりボッチが好きですか？』

なんだ？

俺が行きつけの店のことを思い出したからなのか、勝手に話が進んでいく。

スキルポイントというのはよく分からないが、あのドラゴンや魔族を倒したからだろう、何百万も溜まっているようである。

どうやら経験値とは別物で、特定のスキルを使う時に必要なものらしい。

そこから千ポイント程度使うのは全く構わないのだが、問題はその言い草《ぐさ》である。

おい、やっぱりボッチが好きですかってどういう意味だよ！

ふざけやがって。よし分かった、こうなったらこちらも意地だ。

【みんなで食べ歩き】とやらを使ってやろうじゃねえかよ！

どうせ、あの店にもう一度行くなんて出来っこないんだからな。

（使うぜ【みんなで食べ歩き】！　出来るもんならやってみやがれ!!）

俺が心でそう念じると、例の声が答えた。

『分かりました。【みんなで食べ歩き】を使用します。良かったですね、ボッチを卒業出来て』

「だからボッチじゃねえから！　一人で食べ歩くのが好きだったんだよ!!」

俺は思わず声に出して叫ぶ。

その声に驚くパトリシアとリンダ。

「ゆ、勇者殿!?」

「いきなりなんや、おっちゃん？　昨日の戦いで頭でも打ったんか!?」

二人の言葉に、俺は眉間《みけん》を指で押さえながら答える。

「悪い、気にしないでくれ。今すげえイラっとする相手と頭の中で会話しててな」

「ほんまに大丈夫かいな？　心配やで」

二人はまだ不思議そうな顔をしているが、俺はなんとかその場を取り繕《つくろ》った。

少女たちと会話をしながらも、辺りを見渡す。

先程からいる部屋の様子は全く変わらない。

ほら見ろ、やっぱり何も起こらないじゃないかよ。

一人で……いや【みんなで食べ歩き】とやらの効果は何処《どこ》にも見られなかった。

まあ当然と言えば当然だ。

どんなスキルなのかは知らないが、ここは異世界なんだからな。

そもそも、俺の行きつけのあの店自体が存在しない。

ったく。こんなことだろうと思ったぜ。

頭の中で響く例の声は、もう聞こえなかった。

どうやら都合《つごう》が悪くなるとだんまりのようだ。

そんな中、リンダは俺の前に立つと悪戯《いたずら》っぽい顔で笑う。

「おっちゃん、腹減ってるんやろ。一日何も食べてへんもんな、でっかい腹の虫が鳴いとったで！」

俺は気を取り直して答えた。

「はは、まあな。悪いけど、何か食べさせてもらってもいいかな？」

そもそも、俺にはまだこの世界がどんなところなのかもよく分かってないからな。

飯でも食いながらその辺りを聞いてみないと、これからどうしていいのかも分からない。

俺の言葉にパトリシアが大きく頷いた。

「ああ、もちろんだ勇者殿、用意させよう。リンダ頼んだぞ！」

「了解やで姫様！　すぐに伝えてくるわ！」

猫耳娘は張り切った様子で尻尾を振りながら、部屋の扉に走っていく。

厨房《ちゅうぼう》にでも伝えに行ってくれるのだろう。

全く侍女らしくない少女だが、ハツラツとした姿は可愛いもんだ。

王女もそこが気に入ってるのかもしれないな。

パトリシアは俺に言った。

「いま使いの者が、神殿にいる母上に、勇者殿が目を覚ましたことを伝えに行っている。あと小一時間もすれば戻られるだろう」

「ああ、あの女王様か」

清楚な感じの美女で、聖女みたいな人だったな。

リンダも言っていたが、俺が早く回復するように祈っててくれたらしい。

帰ってきたらお礼を言うべきだろう。

こうなった以上、俺がこれからどうするのかも相談しないとな。

パトリシアや女王様は俺のことを、この国の伝説の勇者だと思ってる。

このまま、『はい、さよなら』とはいかないだろう。

事実を話すのはどうにも気が重いが、勇者ではないことを黙っているわけにもいかない。

そんなことを考えながら視線を巡らせると、厨房に向かったはずのリンダがまだ部屋にいることに気が付いた。

「どうした？　猫耳娘」

リンダは部屋の扉を開けて、呆然と立ち尽くしている。

パトリシアも不審《ふしん》そうに声をかけた。

「リンダ、何をしている?」

王女のその言葉にリンダはペタンと尻もちをつくと、扉の先を指さして叫んだ。

「何やこれ……どないなっとるんや！　姫様、おっちゃん、ちょっと来てや!!」

「どうした！　リンダ!?」

「何があった?　猫耳娘！」

王女と俺は、リンダのところに慌てて駆け寄る。

リンダは泡《あわ》を食った様子で、扉の先を何度も指さした。

「あれ、見てや！　どないなっとるねん!?　王宮の廊下《ろうか》じゃあらへんがな！」

まじかよ……

俺はその光景を見て唖然《あぜん》とした。パトリシアは俺以上に驚いている。

口を大きく開いて、リンダの指さす方を愕然《がくぜん》と眺めていた。

「何だ……これは?」

そしてハッと真顔に戻ると、周囲を見渡し腰から提げている剣を抜いた。

用心深く《ようじんぶか》警戒をしながら口を開く。

「これは、何かの魔術の類《たぐい》か?　まさか、また魔族が！　勇者殿!!」

そう言って、俺にも警戒を促すパトリシア。

リンダは余程驚いたのか、まだ立ち上がれずに俺を見上げている。

「お、おっちゃん！」

「待て待て！　いいから、ちょっと落ち着け！」

自分にも言い聞かせるように、俺は二人にそう叫んだ。

そもそもこっちも動揺《どうよう》してるからな。俺はゆっくりと扉の方に向かって歩く。

「おっちゃん、あかんて！　きっと何かの罠《わな》や！」

「勇者殿！」

必死に俺の両手を引っ張る二人の少女。

リンダに至っては、半分腰が抜けた格好で俺の左手を引っ張っている。

二人の動きに逆らい、俺は吸い寄せられるように扉の前に立つ。

眼前に広がる光景は、俺の見慣れたものだった。

その時、頭の中で例の声が響く。

『希望店舗に接続しました。それでは、どうぞ楽しいお食事を』

(おい、嘘だろ？　お前それ、マジで言ってんの……)

『ええ、マジです』

くっ……相変わらず腹の立つ物言いだ。

真面目《まじめ》なのか、ふざけているのか分からない。

扉の向こうの景色《けしき》は、俺の行きつけの洋食屋の中である。

見慣れたテーブルやカウンター。ただ、マスターや客の姿は見当たらない。

俺は慌てて【鑑定眼】でステータスを開くと、趣味の項目をチェックした。

先程スキルポイントを使ったからだろう、【一人で食べ歩き】の項目が【みんなで食べ歩き】になっている。

俺はその項目の詳細を確認した。

『みんなで食べ歩き：今まで貴方が食べ歩きした店に移動が出来ます。ただし店の外には出られません。食事が終了し、再び扉を開ければ元の場所に戻ります。新しい店の登録も可能です』

凄《すげ》え……ってことは、本当にあの店に行けるのか!?

そう思ったら、また腹の虫がぐぅと大きな声で鳴いた。

めっちゃ腹がすいてきた。とりあえず行ってみるか？

危険はなさそうだからな。

あそこが本当にいつも通っている店なのか、一度試してみるしかないだろう。

俺はパトリシアとリンダを振り返ると——

「心配するな、あれは飯を食べる場所だ。どうやら俺のスキルの力らしい」

「飯を食べる場所？　スキルの力？　って何言うとんねん、おっちゃん。やっぱ頭でも打ったんちゃうか」

俺は肩をすくめて答える。

「行ってみれば分かるさ。どうする、二人はここで待ってるか？」

スキルの説明を【鑑定眼】で確認する限り、心配はないだろう。

だが、無理やり連れていくわけにもいかないからな。

万が一ということもある、やっぱりここは俺一人で行った方が……

『やっぱりボッチで行くんですか？』

……。頭の中で響く声を俺はスルーした。相手にすると余計にイラっとしそうだからな。

王女とリンダは暫く顔を見合わせていたが、心を決めたように二人とも大きく頷くと俺に言った。

「勇者殿が行くなら私も行こう！」

「おっちゃん、私も行くで！　面白そうやないか」

俺の様子に二人も安心したのだろう。

リンダも立ち上がって、興味深そうに扉の先を覗《のぞ》いている。

「よし、じゃあ行ってみようぜ！」

「うむ、勇者殿！」

「おっちゃん、姫様、手を離さんといてや」

俺たちは口々にそう言うと、扉の先へ足を踏み入れた。

扉をくぐった俺たちを白い光が包み、背後で扉が静かに閉じる。

光が収まると、もう店の中にいた。

一瞬、パトリシアとリンダが、ビクッとしたのを見て俺は声をかける。

「安心しろ。飯を食ったらきちんと元の場所に帰れるぜ」

俺にも確信はないが、こんな時は断言しておくに限る。

まあ、もう入っちまったんだ。今更グダグダ言ってもしょうがないだろう。

「そうなのか。うむ、勇者殿が言うなら間違いないのだろう」

「ほ、ほんまやな、おっちゃん！　嘘やったら許さへんで」

おい、リンダ。少しはパトリシアの素直さを見習え。

俺はそう思いながら、改めて辺りを見回す。

間違いない、いつも俺が通っているあの馴染《なじ》みの店だ。

呆然とその場に立ち尽くしていると、店内から倉庫へ繋《つな》がっている奥の部屋から誰かがやってきた。

三十代で、いかにも職人といった風体《ふうてい》の少し渋《しぶ》めの男である。俺にとっては見慣れた顔だ。

「マスター！」

俺は思わず声をかける。

その顔を見て、ようやくここがいつもの店の中だと確信出来た。

一方で、マスターはと言えば、ギョッとした顔で俺を見つめると、野菜が入っている段ボール箱をドサリと床に落とした。

「お！　お前……一哉か⁉」

「何そんなに驚いてるんだよ、マスター。当たり前だろ？　他の誰に見えるんだよ」

俺がいつもの調子で歩み寄ると、マスターは真《ま》っ青《さお》な顔をして後ずさる。

「お、おい！　こっちに来るな！　何で俺のところに化けて出るんだ？　何か俺に恨《うら》みでもあるのかよ！」

化けて出る？

……ああ、そうか。

こっちの世界では、俺はもう死んでるんだよな。

俺が倒れた居酒屋は、同じ商店街の中だ。あっちも馴染みの店だからな。

当然、俺が突然死んだことはもう噂になっているだろう。

パトリシアとリンダは不思議そうに首を傾げた。

「勇者殿、この者は誰なのだ？　聞いたこともない言葉を話しているが」

「ほんまや。うちは侍女として大抵の言葉は話せるんやけど、分からんわ」

そりゃそうだ、日本語なんて知ってるわけがないだろう。

マスターは俺とその後ろにいる二人を見て、完全に固まっている。

当然だろうな。死んだと思っていた奴がケモ耳少女と一緒に店にやって来たら、そりゃあ固まるわ。

俺は、青ざめているマスターにダメ元で事情を話して聞かせる。

最初は疑いの眼差《まなざ》しを向けていたマスターも、時折ピコピコと動くパトリシアやリンダのケモ耳が、どう考えても作りものではないのを見てようやく納得した。

大体、二人とも明らかに日本人じゃないもんな。

特にパトリシアは、モデルや芸能人でも到底太刀打ち出来ない外見だ。

「まさか、そんな冗談《じょうだん》みたいな話があるなんてな。まあ、なんて言ったらいいのか……とにかくこの度はご愁傷様《しゅうしょうさま》だったな、一哉」

そう言って俺の前で、手を合わせるマスター。

死んだ本人に直接言う言葉じゃないが、マスターもまだ混乱しているのだろう。

「あ、ああ。どうもこれはご丁寧に」

俺も俺で、思わずわけの分からない答えを返してしまう。

客がいない店の中の様子を見て、俺は気が付いた。

「そうか、今日は木曜日か？　この店の定休日だよな」

マスターは頷く。

「まあな。食材の在庫の確認と、明日の仕込みに来てたんだが……まさか、死んだはずのお前が来るなんて思わないからな」

「はは、そりゃそうだ」

俺はそう言って溜め息をついた。

パトリシアとリンダは、店の様子を物珍しそうに見物《けんぶつ》している。

日本語で話す俺たちの会話が分からないので、手持無沙汰《てもちぶさた》なのだろう。

俺はマスターに言う。

「俺、帰るわマスター。休みに上がり込んで悪かったよ、でもさ、顔が見れてよかったわ」

休みの日に押しかけて、飯を食わせてくれという程厚かましくはない。

あの扉を開ければ、きっと元の世界に戻れるだろう。

飯は食ってないけど大丈夫かな？　と俺が思うと、例の声が聞こえてくる。

『【みんなで食べ歩き】をキャンセルして、元の世界に戻りますか？』

同意してキャンセルしようとすると――

マスターが厨房に入って、軽く肩をすくめると言った。

「馬鹿野郎、食ってけよ！　違う世界に行っちまってまで、俺の料理が食いたいってやってきたんだろ？　美味《うま》いもの食わせてやらなきゃ、男がすたるってもんだぜ」

「まじで？　いいのかよマスター！」

嬉しそうな俺の顔を見て、マスターは笑う。

「どうせ例のヤツだろ。お前がどうしても食べたいって来るときは、いつもあれだからな」

「ああ、とんかつ定食頼むよ！　あれが食いたくてしょうがないんだ！」

洋食屋でとんかつなんてと思うかもしれないが、とんかつの起源は洋食だ。

よくある和風のとんかつ店に対して、この店のメニューは洋風とんかつ定食といったところかな。

特製ソースも独特で、セットとして付いてくるのもスープとライスである。

学生時代から、この店で一番好きなメニューだ。

とにかく美味い。ここでとんかつを食ったら、他では食えなくなるぐらいだ。

俺はいそいそとカウンター席に腰掛ける。

「はは、任せとけ。そっちのお嬢《じょう》ちゃんたちも同じでいいのか？」

マスターの言葉に、俺は二人に尋ねる。

「俺と同じものでいいか？　とんかつっていうんだが、おすすめだぜ」

パトリシアとリンダは、大きく頷いて俺の両隣に座った。

「うむ！　勇者殿と同じものでいい、楽しみだ」

「うちも、おっちゃんと同じでいいで！　なんやこっちもお腹減ってきたわ」

俺が二人の注文も伝えると、マスターは食材を取り出して調理を始めた。

カウンター席から眺めていると、その手際の良さが分かる。

巧《たく》みな包丁捌《ほうちょうさば》きに、とんかつを揚《あ》げる油の音。

次第《しだい》にいい香りが漂《ただよ》ってくる。まじで、もう我慢出来ねえ！

丸一日何も食べてない俺には、ある意味拷問《ごうもん》である。

三枚のとんかつを揚げて、それをサクサクと切る音がする頃には、腹が減り過ぎて気が遠くなりかけていた。

「待たせたな、とんかつ定食三丁！　上がったぜ!!」

俺たちの前に料理が並ぶ。見るからにサクサクなとんかつの衣《ころも》。

ザクっと切られた肉の断面からは、肉汁《にくじゅう》が溢れている。

脇《わき》に添《そ》えられたキャベツの千切《せんぎ》りと、皿に載った白く輝くご飯、それにこの店特製のスープ。

もう言うことなしである。

「自分のまかない用にコメを炊《た》いておいて良かったぜ。追加で今炊いてるからな、いつものようにライスのお代わりは自由だぜ」

俺はゴクリと唾を呑み込んだ。

その様子を見て、マスターが笑いながら白い瓶《びん》を俺たちの前に置く。

「おっと肝心《かんじん》なものを忘れてたぜ。うちのとんかつ用特製ソースだ、こいつの作り方だけは殺されても言えねえってやつよ」

もう返事をしている余裕もない。

その白い瓶を手に取ると、とんかつの上で傾《かたむ》ける。

絶品のとんかつソースが、とんかつの表面と肉の断面に絡《から》んでいく。

俺はいただきますと言いフォークを手にすると、サクリと一切れ突き刺してかぶりつく。

うま!!
溢れ出す肉汁とそれに絡み合ったソース、そしてサクサクな衣。
もう言葉にならない。
これだけ腹が減っている時にこのとんかつは、危険過ぎる美味さだ。
そんな俺の姿を見て、王女とリンダもゴクリと喉を鳴らす。
そして、俺を真似てソースをかけると、フォークで一切れ口に運んだ。
その瞬間——
二人の少女の尻尾がピン！　と立つ。
えもいわれぬ顔をして、とんかつを頬張《ほおば》りながらこちらを見るパトリシアとリンダ。
分かるぞ、お前たちの言いたいことは。これこそ料理の芸術である。
肉汁とソースが口の中で溶け合い、絶妙《ぜつみょう》なハーモニーを奏《かな》でていく。
「どうだ、美味いだろ？　俺が知ってる中で最高のとんかつだぜ」
俺の言葉に、二人はコクコクと頷いていた。
食べ歩きは一人でと決めていたが、こんな顔をされるとみんなで行くのも悪くない。
俺はそう思って、もう一切れとんかつを頬張った。
二切れ目を味わいながら、ライスをすくって口にする。
やっぱり、これに限るぜ！

もうこれは美味いとしか言いようがない。

肉汁とソースがこれまたご飯にも合い、俺を幸せの極致《きょくち》に追いやる。

この店は、コメの選び方から炊き方まで完璧だからな。

つやつやに炊かれた美しいご飯は見ているだけで涎が出る。

やっぱり、とんかつとの相性《あいしょう》の良さは抜群《ばつぐん》だ。

俺がそんなことを考えながら幸せに浸《ひた》っていると、パトリシアとリンダも俺の真似をして、とんかつを頬張るとライスをすくって口に入れた。

「ゆふしゃどの!!」

「おっひゃん!!」

「落ち着け。お前たちの気持ちは分かる。分かるが、乙女がご飯粒を飛ばしながら声を上げるのはやめろ」

リンダはいいとしても、王女がまた恥ずかしさのあまり、くっころ状態になってはかなわない。

パトリシアとリンダは二切れ目のとんかつを味わい終えると俺に言う。

「この見事な肉料理！　勇者殿、この店はいったいどういう店なのだ!?　王宮にもこれ程の料理人はいない」

「ほんまやで！　なんやこの白い瓶に入った魔法のソースは……それにこの白く輝くライスとかいうのは反則やで！」

パトリシアとリンダの尻尾が可愛らしく揺れている。

興奮する二人の少女の姿を見て、マスターは頭を掻《か》きながら俺に尋《たず》ねた。

「なあ一哉。この子たちはなんて言ってるんだ？　流石に違う世界の人間に料理を出すなんてことは、俺も初めてだからな」

「美味いってよ。お姫様が『王宮にもこれ程の料理人はいない』って言ってるぜ」

マスターは少し照れながら笑った。

「そりゃあ光栄《こうえい》なこったな。しかし、うちは一国の王女様に飯を食ってもらうような場所じゃねえぜ」

そうは言いながらも目を細めるマスター。

やっぱり美味いと言ってもらえるのは、料理人にとっては何より幸せなことなのだろう。

夢中になって食べ続ける少女たちを見て満足そうだ。

パトリシアが俺に尋ねる。

「勇者殿、このスープは何なのだ？　綺麗《きれい》な琥珀《こはく》色で澄《す》んでいる。特に具は入っていないように見えるが」

「それか？　まあ、飲んでみろよ。そいつも美味いぜ」

コクリと頷いて、スプーンを手に取ると一口スープをすくう王女。

リンダもそれに続いた。

「ふあぁ！」

「何や、具も何も入っとらんのに美味い、美味いで！」

俺は笑った。

「そいつはコンソメだ。しかも特別製のな」

コンソメといえば、言わずと知れたフランス料理のスープの一つだ。

肉や野菜を煮込むことで作るブイヨンをベースに、さらに牛肉や鶏肉、そして野菜を煮込んで旨《うま》味《み》を出す。

手間暇をかけて出来上がった澄んだ琥珀色のスープだ。だがこの店のコンソメはそれで終わりではない。

さらにそのコンソメをベースにして、もう一度コンソメを作る作業をする。

いわゆるダブルコンソメというやつだ。

手間は半端《はんぱ》ない。

そこらへんのコンソメスープとは別物と言ってもいいだろう。

口にした瞬間、何重にも溶け合った旨味のハーモニーが広がっていく、その快感ときたら……

リンダが夢中になってスープを口に運んでいる。

「あかん、あかんでこれ。止まらへんわ！」

極上《ごくじょう》のコンソメは人をとりこにするものだ。

俺は思わず笑う。

「いいのか猫耳娘、そのまま全部飲んじまって。少し行儀《ぎょうぎ》は悪いけどな、こうすると……」

ライスをスプーンですくい、コンソメに浸して口へ運ぶ。

それを見てリンダとパトリシアはまるで魅入《みい》られたように真似をする。

パクリと口にして、無言になる二人。

暫くしてごくりとそれを呑み込んだ後、リンダは言った。

「おっちゃん、あかんてこれ……ほんまやみつきになってまうわ！」

姫様に至っては無言のまま、夢中で食べ続けている。

余程美味しいのだろう、大きな狼耳がピコピコ動く様子が可愛らしい。

そんな姿を見て、マスターは肩をすくめて笑う。

「そいつは昨日の残り物で申し訳ないけどな」

結局俺たちは出されたとんかつやスープをぺろりと平らげ、ライスをきっちりお代わりした。

姫様もリンダも俺に付き合って何も食ってなかったようで、モリモリと食べる様子は乙女として
どうなのかと思わせるぐらいである。

俺は腹をさすりながら二人に言う。

「どうだ、来てよかっただろう？」

嬉しそうに頷く少女たち。

「うむ、勇者殿！　この上なく美味だった‼」

「おっちゃん、恨むで。こんな美味いもの食べてしまったら、毎回来たくなるわ」

「はは、そうかそうか。そうだろう！」

うん、みんなで食べ歩くのも悪くない。

さて、そろそろ会計をと思ってズボンのポケットを探り、俺はハッと気が付いた。

やべえ……財布《さいふ》がねえ。

あのくそ女神、転生する時にスーツは再生したくせに、財布がないってのはどういうことだ！

これだけ豪快《ごうかい》に食っておいて、金がありませんというわけにはいかない。

金を払おうと席を立ちかけた姿勢で固まっている俺を見て、リンダが首を傾げた。

「どないしたんや、おっちゃん。なに固まっとるんや？」

「い、いや……何でもねえよ」

よりにもよって、みんなで食べに来た時にこれはない。

これでも男のプライドがあるからな。

俺が暫《しば》し固まっていると、パトリシアが勢いよく席を立つ。

そして、リンダに命じた。

「リンダ、この店の主《あるじ》に私から礼がしたい。これ程の料理の対価《たいか》だ、一人金貨一枚ずつ、合計三枚の金貨を店主殿にお渡しせよ！」

「了解やで姫様！　料理に出すような金額やないけど、ここのとんかつ定食にはその価値があるで」

リンダはメイド服から白い革袋《かわぶくろ》を取り出すと、ピカピカの金貨を三枚カウンターに並べた。

「受けとってや、料理人のおっちゃん！」

突然のことに、マスターは慌てて俺に尋ねる。

「お、おい……もしかして、これって金貨ってやつじゃねえのか？」

マスターも、これが王女からの料理への報酬《ほうしゅう》だということには気が付いたのだろう。

まだ真新《まあたら》しいそれは、いかにも金という輝きを放っていた。

俺は軽く咳《せき》ばらいをして通訳《つうやく》する。

「まあな。王女がマスターの料理が気に入ったから、礼がしたいとよ」

マスターは困った様子で頭を掻いた。

「一哉。とんかつ定食の代金が金貨ってのは、いくらなんでも貰い過ぎだろ？」

こちらの世界で現金として使えるものではないだろうが、大きな金貨だ。

金としての価値だけでも相当だろう。

「まあ貰っとけよマスター。相手は王女様だからな、気にすんなって」

こういうのは気持ちの問題だからな。

ニッコリと笑うパトリシアを見て、マスターもつられて笑顔になる。

「お姫様にそんな顔されたら、つき返すわけにもいかねえな。そうだな、記念に店に飾っておくか」

パトリシアは俺に言う。

「これからも時々この店を訪ねたい！　勇者殿、可能だろうか？」

「ああ、たぶん大丈夫だと思うぜ」

食べ歩きのスキルを使えば問題ないだろう。後はマスター次第だ。

俺はパトリシアの願いをマスターに伝える。

するとマスターは、コック帽をとって王女に礼をしてから俺に言う。

「そうだな、今日みたいに木曜ならいいぜ。定休日だが、どうせ俺は次の日の仕込みで店にいるからな。お前だって、知った顔に出くわしたら困るだろうが？」

「そりゃあそうだ。こっちの世界では俺は死んでるんだからな」

死んだはずの男が、毎日飯を食いに来たら営業妨害《ぼうがい》もいいところだろう。

それにケモ耳娘たちまでついてきたら大騒動である。

王女が俺に尋ねた。

「店主殿は何と言っているのだ？」

「ああ、毎日ってわけにはいかないが、これからも食いに来て構わないってよ。金貨も喜んでたぜ、記念に店に飾るってさ」

「うむ！　そうか!!」

嬉しそうなパトリシアに、俺はつい口を滑らせた。

「にしても助かったぜ。料理を食っちまってから、金がないことに気が付いたからな」

それを聞いて、リンダが呆れたように言った。

「なんやおっちゃん！　お金もないのに、うちらのこと食事に誘ったんかいな」

……言わなくてもいいことを言っちまった。

俺がそう思っていると、パトリシアがリンダをたしなめた。

「リンダ、勇者殿に無礼《ぶれい》であろう。たとえ勇者殿が、食事の代金も払えぬ甲斐性《かいしょう》のない男だとしても、我が国を救ってくれた偉大なお方だ。私の敬意は変わりはせぬ！」

「せ、せやな。ごめんやで、おっちゃん。いくら甲斐性無しでも、おっちゃんはおっちゃんやもんな」

おい、やめろ……余計落ち込むだろうが。

美少女二人に、甲斐性無し扱いされるこっちの身にもなれ。

リンダのセリフに至っては、慰《なぐさ》められてるのか悪口を言われているのか、もはや分からない。

俺はなんとか気を取り直して二人に言う。

「さて、腹も一杯になったし、そろそろ行くか？」

「うむ、母上も帰ってきているかもしれぬ」

「せや！　忘れとったで。女王陛下がお帰りかもしれへん、急がな！」

そういえば、ここに来る前にそんなことを言ってたな。

「マスター、それじゃあ俺は行くわ。ごちそうさん、相変わらず美味かったぜ！」

「はは……まあそのなんだ、死んだ割には元気そうで安心したぞ。また食いに来い！　一哉」

俺たちはマスターに別れの挨拶《あいさつ》をして、店の入り口に向かう。

扉をくぐると、俺たちが元々いた城の一室に戻った。

どうやらスキルの説明に間違いはないみたいだな。それにしても驚いたぜ。

パトリシアやリンダも、同じ思いなのだろう。三人でボーッとしてしまう。

暫し部屋の中で佇《たたず》んでいると、先程閉じた扉が開いた。

だが、その先に見えるのは、洋食屋ではなく宮殿の廊下だ。

扉を開けた衛兵《えいへい》の後ろには、侍女たちを連れた美しい獣人の女性がいる。

「ああ、光の勇者様！　目を覚まされたのですね！」

それは、この国の女王であるセレスリーナだ。

その表情は、今も俺のことを勇者だと信じきっている様子である。

ふぅ、気が重いな。俺が勇者じゃないってことをきっちり話しとかないとな。

すっかり仲良くなったつもりだったが、俺は彼女らにまだ肝心な話をしていない。

少なくとも、この国の女王にはきちんと話を通しておくべきだろう。

その上で、これからどうするのかを決めないとな。

溜め息をつきながら話を切り出そうとすると、女王はこちらに歩み寄り、俺の両手をしっかりと握りしめて口を開いた。

「勇者様、大切なお話があるのです。お目覚めになられたばかりで心苦しいのですが、どうか私の話を聞いてくださいませ」

3、エルフの一団

時は少しさかのぼる。

一哉たちがとんかつに舌鼓《したつづみ》をうっていた丁度その頃、アルーティアの城下町が見下ろせる丘の上には、とある一団がいた。

先頭に立つブロンドヘアの少女は、天使と見紛《みまご》うばかりの美しさだが、その顔からは勝気《かちき》なことが窺える。

年齢は十四、五歳だろうか。

その耳は長く、エルフ族であることが一目で分かる。

妖精《ようせい》のようなしなやかな体つきで、胸は見事な程にまな板である。

付き従う者たちもみなエルフだ。二十名はいるだろうか。

獣人の国であるアルーティアにエルフがいるのは珍しい。

すると、ローブ姿の男が、城下町の方から丘へと上がってきた。

男は一団の前に急ぎ足でやってくると、少女の前で膝《ひざ》をついて深々と礼をする。

少女は偉そうに腰に手を当てて男に尋ねた。

「それで、邪竜メルドーザを倒したのが誰か分かったの？」

「はっ！　それが……『光の勇者』と呼ばれる者が現れメルドーザを倒したと、そのような噂がこのアルーティア城下でまことしやかに囁かれております」

少女はそれを聞くと、眉をひそめて男を見おろす。

「はぁ、あんた馬鹿？　何なのよ『光の勇者』って。おとぎ話じゃあるまいし、そんな奴いるわけないでしょ！　ちゃんと調べなさいよ」

「しかし、アンジェリカ様。実際昨日、邪竜が討伐された後、城下に姿を見せたアルーティアの女王や王女、そして騎士たちがそう言って民の動揺を鎮《しず》めた様子。それだけではございません、邪竜が消え去る直前、空から一筋の光が舞い降りたと話す者もおりまして」

アンジェリカと呼ばれた少女は、馬鹿馬鹿しいといった様子で首を振る。

「くだらない。そんなの誰かが放った大魔法か何かの見間違いでしょ。確かにアルーティアに、そこまでの魔道士《まどうし》はいないはずだから変だとは思うけど」

「姫、少しよろしいでしょうか」

それまで黙っていた、少女の傍に立つ壮年《そうねん》のエルフが、彼女に声をかける。

三十代前半ぐらいだろうか。

左目に黒い眼帯《がんたい》をし、苦み走ったいい男で、いかにもつわものといった風貌《ふうぼう》だ。

腰からは立派な剣を提げている。

「満更《まんざら》作り話とは限りませんぞ。アルーティアには、光の勇者とやらの伝説があると聞きますからな。もし噂が本当であるとしたら……」

「本気で言ってるの？　ロファーシル。……まあ、剣聖《けんせい》の称号を持つ貴方がそう言うなら、私だってありえないとまでは言わないけど」

姫と呼ばれた少女にとっても、この剣士だけは特別な存在らしい。

彼女は口をとがらせて、アルーティアの城下を眺める。

そして、いいことを思いついたといった風に手を叩いた。

「私がそいつと戦ってみるわ！　光の勇者だか何だか知らないけど、エルフェンシア王家の血を引くこの私の魔法にかなうものですか！」

エルフェンシアというのは、大陸の西に位置するエルフの王国の名である。

この少女……アンジェリカはその国の第三王女だ。

ロファーシルは、苦笑しながら王女に説《と》いた。

「姫、アルーティアには戦いに来たのではありませんぞ。あまりにも強大になりつつある帝国に対して、我が国は他国と同盟を組み戦う必要がある。その中の一国としてアルーティアが相応しいかどうかを探りに来たまで。この国に邪竜メルドーザを倒せる程の者がいるとしたら、その価値は十分にございましょう」

「なら尚更よ。私が直接、そいつの力を試してあげる」

剣聖の称号を持つ男は、ふぅと溜め息をつきながら天を仰《あお》いだ。

(姫は言い出したら聞かぬ。やむを得ぬか。その光の勇者とやらの力、試しておいて損はあるまい)

「ならば、このロファーシルめがその者の相手を務めましょう。姫の手をわずらわせるような話ではありますまい」

「……ふふ、そうね。私がわざわざ相手をしてあげなくても、貴方が戦うって言うならそれでいいわ！　面白そうじゃない、すぐアルーティア城に向かいましょう」

そう言って、さっさと歩きだすアンジェリカ。

ロファーシルの傍にいた若いエルフが、感心したように彼に耳打《みみう》ちする。

「流石剣聖殿！　姫の扱いをよく心得ておられる」

「はは、これも年の功というものだ」

そもそもこの一行は、エルフェンシア王からアルーティアの女王への特使《とくし》である。

彼らの目的はアルーティアの国内を視察《しさつ》しつつ、同盟の価値があると思えば女王への親書《しんしょ》を届けること。

第三といえども王女を使いにしたのは、同盟の特使という重要な任務であるが故《ゆえ》だ。

突如《とつじょ》アルーティア領内に巨大な邪竜が現れたと聞き、予定を早めて急ぎ城下へとやってきたのだが……

ロファーシルは考えに耽《ふけ》る。

(場合によっては助力《じょりょく》するつもりだったが、必要なかったようだな。それにしてもどうやったのだ？　この国には優秀な騎士が多いと聞くが、邪竜を討伐出来る程優れた魔道士がいるとは思えん)

地上戦や拠点《きょてん》制圧ではその力を発揮する獣人の王国の兵も、分厚い鱗《うろこ》に体を包まれ、空を飛ぶ城ともいうべき巨大な邪竜の前には、手も足も出なかったはずだ。なにしろ物理攻撃はほぼ通じない相手なのだから。

仮にアルーティアが誇る飛竜騎士団で打って出ても、死体の山が築かれるだけだろう。

(皇帝め、それを知ってアルーティアに邪竜を差し向けたのだろうが……)

一方で、ここにいるエルフたちはみな優れた魔道士だ。

数は二十。

総がかりで挑めば、倒せぬまでも一時的な撃退は可能だったろう。

逆に言えば、討伐までするにはそれ以上の魔道士を必要とする。

(だが、もしも一人であの化け物を倒したということであれば)

ロファーシルは、自然に腰の剣に手が伸びるのを止められなかった。

剣に触れると笑みを浮かべる。

「光の勇者か。姫に言われるまでもない。もしも噂が真実であれば、一度本気で手合わせしてみたいものよ」

◇　◇　◇

食べ歩きを終えた俺たちは、部屋にやってきた女王セレスリーナと話をしていた。

「勇者様、大切なお話があるのです。お目覚めになられたばかりで心苦しいのですが、どうか私の話を聞いてくださいませ」

「ああ、俺も丁度女王様に話があったんだ」

そろそろ俺が光の勇者ではないってことを、はっきり伝えておいた方がいいだろう。

あのクラスの化け物がゴロゴロいるとは思いたくないが、次にあんな邪竜がやってきたら俺には倒せそうもない。女神の加護も消えちまってるからな。

女王は俺の言葉に頷いた。

「勇者様も？　分かりました。それでは、私の部屋に参りましょう。紹介したい者たちもおりますから」

女王のその言葉に、衛兵はまた扉を開けると恭しく礼をする。

「さあ！　勇者様」

「あ、ああ」

女王に嬉しそうに微笑まれると、切り出すのが躊躇《ためら》われる。

俺は促されるまま部屋の外に出た。

女王と俺が並んで歩き、その傍にはパトリシアと彼女に付き従うリンダがいる。

おお、これは立派な廊下だな。白が基調で、やはり中世ヨーロッパの城の内部に似ている。

長い廊下を、俺たちは話しながら歩いていく。

そんな中、俺はふと疑問に思ったことをリンダに尋ねた。

「そういえば女王様のご主人はどうしてるんだ？　まだ会ったことないよな」

辺りを見渡すが、それらしき人物は女王に同行していない。

俺の言葉が聞こえたのか、セレスリーナがピクリと反応した。

先程と同じにこやかな笑みを浮かべているのだが、目が笑っていない。

やべえ……俺、なにか地雷《じらい》でも踏んだか？

「いいのです、あの人のことは！　いつもいつも剣の修業などと言って旅ばかりで、たまにしか帰ってこないのですから」

　リンダが肘で俺のわき腹をつつく。

「あかんで、おっちゃん。女王陛下の前で旦那《だんな》様の話は禁句《きんく》や。旦那様は元は旅の剣士で、めっちゃ腕が立つお方なんやけど、目を離すとすぐおらんくなってしまうねん」

「おいおい、そんなので大丈夫なのかよ。女王様の旦那《だんな》だろ？」

　女王の配偶者《はいぐうしゃ》、いわゆる王配《おうはい》という身分である。

　パトリシアが俺の言葉に頷く。

「うむ！　良いのだ、アルーティアの女王は代々強い男を夫に選ぶ。父上は我が国の戦士の誰よりも強かった。それで母上の相手に選ばれたと聞く。私も父上に剣を教わった。将来は父上のように強くなりたいのだ！」

　パトリシアの話では、この国は代々女王が国を治《おさ》め、国の中で最も強い男を夫に選ぶという。たまたま旅でこの国を訪れていたその男は、女王の夫を決める試合に飛び入り参加して優勝したそうだ。

　パトリシアは、そんな父親に憧れて剣を習い始めたらしい。

　セレスリーナは溜め息をつくと遠い目をする。

「それにしても、今回は流石にあの人には愛想が尽きました。勇者様がいなければこの国は滅んでいましたわ」

確かにな。放浪癖《ほうろうへき》にも程があるだろう。

「はは、俺だったらこんな美人な嫁さんがいたら、旅なんか行かないけどな」

どんな男なのか知らないが、勿体《もったい》ない話である。

「まあ！　勇者様ったらお上手ですこと」

俺の言葉に、セレスリーナは少し機嫌を直したらしい。

リンダが俺のわき腹を再びつつく。

「なんやおっちゃん、女王陛下みたいなタイプが好きなんか？　なら姫様と結婚したらええやん。きっと、女王陛下に負けへんぐらいの美女になるで」

まあ確かに、そうなりそうではあるが……くっころ姫騎士の上に、俺から見たらまだガキだ。

リンダの言葉にパトリシアが俺をジッと見つめる。

「うむ！　勇者殿なら私に異存はない。間違いなくこの国で一番強い男だ。妻になれというのなら承諾しよう！」

俺は肩をすくめると答えた。

「馬鹿言え、まだガキのくせに。大体な、そういうのは好きな奴とするもんだぜ」

「私は勇者殿が好きだぞ？　とんかつ定食と同じぐらい好きだ」

頭が痛くなってきた。

どうやらパトリシアの中では、俺ととんかつ定食は同列らしい。

俺が言ったのはそういう意味の『好き』ではない。
リンダもパトリシアに便乗して頷く。
「それに玉《たま》の輿《こし》やん。甲斐性がないおっちゃんでも暮らしていけるで」
黙れこの猫耳娘。
俺は甲斐性がないんじゃない、たまたま財布を持ってなかっただけだ。
話を聞いていたセレスリーナが不思議そうに首を傾げると、微笑みながら俺に言った。
「とんかつ定食？　何のことですか。それよりもここです、さあ参りましょう勇者様」
目の前には見るからに立派な扉があった。
その前に立つ衛兵たちがゆっくりと扉を開けていく。
すると――
「うお！　凄え……」
俺は思わず声を上げた。
大理石《だいりせき》の床と、その上に敷《し》かれた広く長い赤の絨毯《じゅうたん》。
その左右には騎士たちがずらっと並んでいる。
俺は圧倒《あっとう》されて、その場に立ちすくむ。
まるで映画のワンシーンのようだ。
そして吹き鳴らされるラッパの音。

音楽隊らしき兵士たちの奏でる楽曲が、高らかに俺たちを迎える。

兵士や侍女たち、それにこの国の貴族や大臣《だいじん》らしき人々まで集まっている。

その場にいる全ての人間が俺に注目していた。

もしかして……これは、俺のための式典《しきてん》か？

女王は振り返ると、悪戯っぽい顔で俺に笑いかける。

「実は大切な話とは、この式典のことなのです。勇者様が目を覚まされたらいつでも始められるように、神殿に向かう前に用意させておきましたわ。帝国の野望を打ち砕くために、地上に舞い降りた光の勇者様！　皆、心より貴方を歓迎しています!!」

おいおい。こりゃあ、ここじゃあ切り出せないな。

こんな歓迎ムードの中で『ああ、そういえば俺、勇者じゃないですから』と言えるような鋼《はがね》のハートを持っていない。

女王陛下の言葉を聞いて、観衆は期待に満ち溢れた目で俺を見る。

俺とロダードの戦いを見ていた騎士たちが、口々に声を上げた。

「おお、あのお方こそ、邪竜メルドーザを倒し、帝国の魔将軍さえも倒した勇者殿！」

「これでもう帝国など怖くはない！　我々はこの命を賭《と》して勇者殿と一緒に戦うぞ!!」

「「「おお!!」」」

パトリシアが、盛り上がる騎士たちを見て大きく頷いた。

「うむ！　私も勇者殿と戦う！　非道な帝国や魔族になど屈してたまるものか！」

「おお、パトリシア様！　何と凛々しい！」

「「「女王陛下、王女殿下万歳！　光の勇者殿万歳!!」」」

頭痛の悪化を覚える展開を眺めていると、先程俺たちが入ってきた扉から、一人の兵士が慌てたように走ってくる。

そして、セレスリーナの前に膝をついた。

「どうしたのです？　今は勇者様の歓迎の式典の最中。後に出来ないのですか？」

女王のその言葉に、兵士は頭を深々と下げると報告した。

「は！　それが……実は、エルフェンシア王国の特使という方々がお見えになられておりまして」

俺はリンダに尋ねる。

「何だ、エルフェンシア王国って？」

「なんや知らんのかいな、おっちゃん。大陸の西にある王国やで」

その間に、女王は兵士から手渡された書簡に目を通している。

そして、兵士に頷くと言った。

「分かりました、お通ししなさい。この親書によれば、待たせるわけにもいかない相手です。勇者様、ご無礼をお許しください」

「ああ、俺は別に構わないぜ」

女王が俺に一礼した後で兵士に命じると、暫くして二十名程の一団がホールに入ってきた。

先頭に立っているのは少女と、眼帯をした剣士風の男だ。

まじか……あれってもしかしてエルフか⁉

ホールに入ってきた連中を見て、俺はリンダにそっと耳打ちした。

「なあ、猫耳娘。あいつら、もしかしてエルフってやつか？」

「もしかしても何も、エルフに決まっとるがな。エルフェンシアはエルフの王国やで」

リンダはそう言いつつ、先頭に立つ少女を見て驚きの表情をする。

「女王陛下が待たせるわけにはいかない相手って言った理由が分かったで。先頭のまな板女、あれはエルフェンシアの王族や」

「おいおい、まな板女ってお前」

確かに胸は平らだが、もし猫耳娘が言うようにあれが王族なら、聞かれたら外交問題に発展しそうなセリフである。

アニメのツンデレキャラのような勝気な美貌に、見事なまでにまな板状態の胸。

他の連中に比べて明らかに偉そうな態度を見ると、リンダの推測にも頷ける。

「何で王族だって分かるんだ？」

「腕に黄金のブレスレットを嵌《は》めとるやろ？　あれはエルフェンシアの王族の証や」

「ほう……なるほど」

流石にパトリシアの侍女だ。事情通《じじょうつう》である。

先程まで沸《わ》き立っていたホールの中は静まり返っている。

その場にいる者は皆、エルフの一団を注視していた。

彼らは赤い絨毯の上を歩き、女王セレスリーナのもとにやってくる。

それを見てセレスリーナは口を開いた。

「エルフェンシア国王からの親書は読ませて頂きましたわ。わざわざ、アンジェリカ王女を特使として遣わされるとは驚きました」

セレスリーナのその言葉に、ホールの中にいる一同がどよめく。

「エルフェンシアのアンジェリカ王女ですと？　あの方が、噂の『雷撃《らいげき》のアンジェリカ』」

「それに見ろ、隣にいる眼帯の男。もしや『剣聖ロファーシル』殿ではないか？」

『雷撃のアンジェリカ』と『剣聖ロファーシル』、まるでゲームかアニメにでも出てきそうな名前である。

だが、セレスリーナがこの場に通したということは、どうやらこいつらは例の帝国の味方ってわけではないようだ。

リンダもまさか直系の王女だとは思っていなかったようで、意外そうな声を漏らす。

「あれがエルフェンシアの第三王女かいな。相当な腕を持つ魔道士やって聞いたで」

「それだけではない、剣聖ロファーシルといえば大陸でも名の知れた剣士だ」

パトリシアは姫騎士らしく、剣聖の方が気になるようである。

女王の前に跪《ひざまず》き、敬意を表すエルフの一団。

だが、まな板王女に膝をつく様子はない。

それを見て、アルーティアの貴族の一人から声が上がった。

「無礼な！　いくらエルフェンシアの王女とはいえ、セレスリーナ様の御前《ごぜん》でその態度！」

その声を、セレスリーナは右手を上げて制する。

アンジェリカと呼ばれた少女は、声を上げた貴族をキッと睨みつけた。

「無礼はそちらでしょう？　エルフェンシアはアルーティアよりも国力が上、歴史も古いわ。女王といえども格下の国の王に、エルフェンシアの王女であるこの私が頭を下げる理由がないわ」

「姫！　なりませぬ!!」

流石にまずいと思ったのか、剣聖と呼ばれる男がまな板王女を窘《たしな》めた。

だが、時すでに遅し。人々の怒声《どせい》が一気にホールに溢れ返る。

おいおい、エルフの王女だか何だか知らないが、礼儀知らずにも程があるだろ。

「格下だと！　無礼な!!」

「女王陛下の御前でよくも！」

貴族たちは我慢ならないといった様子で声を荒らげる。

自分の国と女王が侮辱《ぶじょく》されては、怒るのも当然だろう。

隣ではパトリシアとリンダが、可愛い顔を真っ赤にして激怒《げきど》している。

「母上に向かって何という無礼！　許せぬ!!」

「ほんまやで！　もういっぺん言ってみ！　許さへんで、このまな板女が!!」

リンダの通る声がホールに響く。

それを聞いて、今度はエルフの王女が顔を真っ赤にした。

「ま、まな板!?　な、なんですって!!　この無礼者!!」

その声につられて、ホール中の者たちが一斉にエルフの王女を見つめる。

傍にいるセレスリーナが完璧なスタイルの持ち主なので、そのまな板ぶりは余計に際立つ。

獣人たちの間から失笑《しっしょう》のような声が漏れた。

それを聞いてアンジェリカが激昂《げきこう》する。

「こ、この！　たかが侍女の分際《ぶんざい》で、よくもこの私に！　ロファーシル、あの猫耳女を罰しなさい!!」

「なんや！　やるんか、このまな板!!」

尻尾を逆立《さかだ》てたリンダの言葉を引き金に、ホールに獣人たちの殺気《さっき》が満ちていく。

一触即発《いっしょくそくはつ》の雰囲気の中、剣聖と呼ばれる男が剣に手を伸ばす。

その手が剣の柄《つか》に触れた瞬間、俺は男の前に立っていた。

エルフの一団は驚いたように俺を見つめる。

「何だと！　いつの間に剣聖殿の前に⁉」

「速い‼」

「一体何者だ⁉」

俺は静かに剣聖と呼ばれる男を眺めた。

「やめようぜ、ただの子供同士の口喧嘩《くちげんか》じゃねえか。あんたがどうしてもその剣を抜くっていうのなら、俺が相手になるぜ」

こんな場所で、大立ち回りをされては堪らない。

それに、こいつは冷静そうだ。

剣に手をかけているのは、あくまでも王女を守るためだろう。

パトリシアとリンダが俺に駆け寄る。

王女のパトリシアは俺の隣に立ってアンジェリカを睨み、リンダは俺の後ろに隠れてべぇと舌を出していた。

おい、猫耳娘。やめろ、話が面倒になる。

油断なく俺を警戒しながら、アンジェリカを守るように立つ剣聖ロファーシル。

その後ろでは、エルフの王女が俺を睨みつけている。

「子供の喧嘩ですって！　この私はエルフェンシアの王女よ、無礼者‼」

俺はふぅと溜め息をつくと呟いた。

「たく……そういうところが子供だって言ってるんだろうが」

大体、見た目だってお子様だ。

偉そうに胸を張っているが、どうみても真っ平《たい》らである。地平線といい勝負だ。

王女の長い耳がピクンと動く。やべえ、どうやら小声でも聞こえているようだ。

さらに彼女は俺の視線が自分の胸に向かっているのに気付き、またもや顔を真っ赤にする。

「今見てたでしょ！　いやらしい、この変態《へんたい》！」

「いや、見る程ないだろ？」

しまった、言い過ぎた。事実というものは、時に人を深く傷つけるものである。

「な！　なんですって！」

俺の言葉に、ますます頭に血を上らせるアンジェリカ。

「ロファーシル！　この無礼者を、今すぐ手打《てう》ちにしなさい!!」

それを聞いてパトリシアが、尻尾を逆立ててアンジェリカに怒鳴る。

「無礼はどちらだ！　この方はアルーティアを救ってくださった『光の勇者』。これ以上の非礼《ひれい》は王女であるこの私が許さぬ！」

「せや、姫様の言う通りやで！『雷撃のアンジェリカ』だか『剣聖ロファーシル』だが知らへんけど、そんなんこのおっちゃんが片手で捻《ひね》ったるわ！」

パトリシアの言葉を聞いて、エルフの一団にどよめきが広がった。

「この男が、アルーティアの光の勇者！」

「まさか……しかし、先程のあの動き」

「確かに、只者《ただもの》とは思えぬ」

ロファーシルはさらに警戒を強めたようで、いつでも剣を抜ける態勢に入っている。

そして静かに口を開いた。

「そうか、貴殿《きでん》が光の勇者か？」

「え？　あ、まあ……そう呼ぶ奴もいるな」

くそが！　余計否定しづらくなっちまったじゃねえかよ。

リンダが俺の後ろに隠れたまま、思い知ったかといった様子でアンジェリカをけなす。

「何や、ビビったんかい！　勝負する気がないなら、とっとと女王陛下にさっきのことを詫《わ》びてもらおか！」

おいやめろ、大人しく謝るような相手じゃないだろ。嫌な予感がする。

その言葉を聞いて、アンジェリカは俺の前に進み出た。

「……いいわ。面白いじゃない、その勝負受けてあげる。その代わり、もし貴方たちの勇者とやらが負けたら、この男は私の下僕《げぼく》になってもらうわ」

「は？」

俺は思わず聞き返した。何で俺が下僕にならなきゃならないんだ？

アンジェリカは挑発的な瞳で、パトリシアとリンダを眺める。

「私の従属魔法《じゅうぞく》で、額《ひたい》に印を刻んでこの男を下僕にするの。貴方たちの救世主《きゅうせいしゅ》が、この私の下僕だなんて愉快《ゆかい》じゃない」

そう言って高笑いするアンジェリカ。

そして、俺を眺めながら嘲《あざけ》った。

「どう見ても、こんな奴がロファーシルに勝てるはずがないもの。何が光の勇者よ、どうせそんなの作り話でしょう。馬鹿馬鹿しい」

とことんコケにされ、獣人たちは敵意を剥《む》き出《だ》しにする。

「なんやて！　ええで、やったろうやないかい！」

「うむ！　勇者殿が負けるはずがない！」

おい、二人とも勝手に話を進めるのはやめろ。

すると、今まで後ろでずっと黙っていた女王セレスリーナが、ニッコリと笑って口を開いた。

「いいでしょう、アルーティアの女王の名においてその勝負を受けましょう」

「お、おい！　女王様あんたまで！」

俺は女王セレスリーナの方を振り返った。

彼女はにこやかな笑みを浮かべているが、しかしその目は笑っていない。

「ただし、そこまで仰ったのです。そちらが負けた時は、アンジェリカ王女殿下に勇者様のしもべになって頂きますわ」

女王セレスリーナの言葉に、アンジェリカが思わず後ずさる。

「な！　どうして私がこんな男の……！」

ざわつくエルフの一団。

セレスリーナは一歩前に出ると、アンジェリカと対峙《たいじ》する。

「そちらから言い出した話です、当然の条件でしょう？　偉そうなことを言っておきながら、本当は自信がないのですか？　歴史あるエルフェンシアの王女殿下の言葉とは、それ程軽いものなのですね」

怖《こ》えぇよ！　凄えオーラだ……

美女を怒らせると怖い。

それに只の美女ではない、何といっても一国の女王だからな。

セレスリーナの言葉に、俺を睨んでギリッと歯ぎしりをするアンジェリカ。

「くっ！　分かったわ、しもべにでもなんでもなってあげようじゃない!!」

「姫！　なりません」

ロファーシルがアンジェリカをいさめるが、聞く耳を持つ相手ではない。

引き下がらない第三王女を見て、セレスリーナは宣告した。

「これで決まりましたわね。とはいえ、遠方《えんぽう》よりお越しになったのです、今ここで戦えとは申しません。試合は明日の朝。それでよろしいですね？　何でしたら王女殿下と剣聖殿の二人がかりでも構いませんわ。私たちの光の勇者様に一人で挑むなど無謀《むぼう》ですもの」

えっと……女王陛下、戦うのは俺ですよね？　二人がかりってあんた……

思わずそう突っ込みたくなったが、静かな怒りを湛《たた》える女王に圧倒されて何も言えない。

「くっ！　その言葉、後悔なさらないことね！」

アンジェリカはセレスリーナにそう捨て台詞《ぜりふ》を吐いた後、俺のことを睨みつけた。

「さっきはよくも私を侮辱したわね。覚えてらっしゃい、貴方の額に下僕の印を刻んで一生こき使ってやるわ！」

侮辱って、さっきの『見る程ない』発言のことか？

どう考えても事実だが、どうやら小さな胸のことを思いのほか気にしているらしい。

アンジェリカは、俺の隣にいるパトリシアや、後ろに隠れているリンダも睨みつけた。

「いいこと？　明日、貴方たちにも思い知らせてあげるわ」

負けずにアンジェリカを睨み返すパトリシア。

そして、リンダがエルフの王女に言い返そうとして身を乗り出す。

俺はすぐさま猫耳娘の口を手で塞《ふさ》いだ。

「むぐ!!　はにするんや、ほっちゃん！」

そのままむぐむぐと口を動かすリンダ。

悪いが、これ以上話がややこしくなるのは御免だ。

セレスリーナは、侍女たちにエルフの一団を客室に案内するように命じる。

格下の国と呼ばれてまだいきり立つ者たちもいるなか、剣聖ロファーシルは警戒しつつアンジェリカや一団とともにホールを後にした。

連中の背中を見送りながら、俺は肩をすくめるとセレスリーナに声をかける。

「全く、女王様まで大人げないぜ」

すると、立ち去るエルフの一団を眺めていた女王が、クルリと俺の方を振り向く。

大きな胸の前で手を合わせると、上目づかいで俺を見てきた。

「だって、悔しかったのですもの！　あのワガママ王女ったら勇者様を下僕にするなんて、絶対に許せません!!」

「うむ！　母上、私も到底《とうてい》許せぬ!!」

パトリシアと一緒に頬を膨らませてプリプリと怒るその姿は、女王というよりも少女のようで可愛らしい。

意外とこの人も子供である。

……っていうか、そこに怒ってるのかよ！

まあ偶然とはいえ、国を救った俺のことをそれだけ大切に思ってくれているのだろう。ありがたい話である。

リンダはまだ怒りが収まらないのか、尻尾を立てたまま俺に言った。

「おっちゃん！　負けたらあかんで、あの小生意気な女をギャフンと言わせてや!!」

「ギャフンってお前……」

軽く言ってくれるが、戦うのはこっちだぞ。

俺は溜め息をつきながら答える。

「負けるわけにもいかないだろ。あんなワガママ娘の下僕なんて御免だぜ」

もし負ければ……

俺を奴隷《どれい》並みにこき使って、高笑いするアンジェリカの顔が目に浮かぶ。

あんなガキの下僕になるなんて悪夢以外のなにものでもない。

周囲の獣人たちも興奮冷めやらぬ様子だったが、セレスリーナが式典を再開するよう促し皆列に戻る。女王様は入場からやり直そうとしたが、それは丁重《ていちょう》にお断りした。流石に何度もやられては気恥ずかしい。

その代わり、式典の後に予定されていたという宴《うたげ》を前倒しで始めてもらうことにした。宴の準備が進められている間、俺たちは話の続きをする。

「そもそも、あの王女は一体何しに来たんだ？」

それを聞いて女王は、エルフェンシア国王の親書を俺に手渡した。

「勇者様、これがエルフの王からの親書ですわ」

「ちょっと、読ませてもらってもいいか？」

「ええ、勇者様ならもちろん構いません」

その親書はしっかりと封がされていた。

流石、王から女王への重要な書簡である。

セレスリーナが開くまでは、たとえ特使といえども目を通すことが出来ないようにしてあったみたいだ。

「これは……」

俺はその親書を読みながら思わず声を上げた。

呆然と書簡を眺めている俺を見て、セレスリーナが頬を膨らませて言う。

「勇者様も呆れるでしょう？　一国の王の親書とは思えませんわ」

「あ……ああ。そうだな」

セレスリーナが言う通り、俺も若干、いや相当引いていた。

親書の趣旨《しゅし》は簡単である。

突然勢力を拡大し始めた帝国――ロダードの言っていた『帝国』とはこれだろう――に対して各国で同盟を組もうという、至ってまともな提案だ。

だが問題はその後である。

同盟に関する話は一枚で簡潔にまとめられており、その後の数枚は、延々と特使に立てた自分の娘に対する自慢がつづってあった。

セレスリーナが呆れ顔で一部を読み上げる。

「『ときに女王セレスリーナよ、特使として送ったうちの娘はいかがでしたかな？　アンジェリカは、ご覧の通り天使と見紛うばかりの美貌を持ち、花のように可憐。そしてその魔力に至るや王国でも屈指《くっし》、まさにエルフェンシアの薔薇《ばら》とも言ってよい我が娘。それだけではないですぞ、あの若さでエルフェンシア王立魔法学院を首席で卒業し……』。ああ！　もう、どうして私がこんな自慢話を何枚も読まされないといけないんですの⁉　親バカにも程がありますわ！」

「はは……そりゃあ、ごもっともだな」

最初は、もしかしたらエルフの王様がアルーティアに喧嘩を売るために、あのワガママ娘を特使に送り付けたのかとも思ったが、少なくともそうではないらしい。

もちろん、今の話にパトリシアとリンダも引いている。

「エルフェンシアの国王って、偉大《いだい》なるエルフの王とか言われとる人やろ？　ドン引きやわ！」

「うむ！　あの女のどこが可憐なのだ！」

まあ見た目は確かに可憐だが、あの薔薇にはトゲが多過ぎる。

親の前では超絶ぶりっ子なのか、それとも偉大なるエルフの王とかいう奴があかんレベルの親バカなのか。

俺は肩をすくめるとセレスリーナに言った。

「まあでもよ、帝国に対して同盟を組むって話は悪くないと思うぜ。そうだろ？」

女王はふぅと溜め息をつきながら答えた。

「確かに、それは私たちも考えていたことですから。勇者様がいてくださるとはいえ、今の帝国の力は強大です。他国との同盟も重要ですもの」

リンダが俺のわき腹をつつく。

「ええこと思いついたで！　おっちゃんがあのまな板女をしもべにしたら、エルフの王さんはこっちの言いなりやん！　このデレデレぶり見たら、娘には逆らえんタイプやで！」

おい猫耳娘、お前いま、凄え悪い顔になってるぞ。

セレスリーナもニッコリと笑う。

「あら！　そうですわね。勇者様が負けるはずがありませんもの。アンジェリカ王女が勇者様のしもべになれば、エルフェンシアはある意味思いのままですわ。同盟もきっと上手くいくでしょう」

「は……ははは」

それは同盟と言うのか？　と思いつつ、俺はもう一度親書を眺める。

確かにこの様子なら、アンジェリカに『パパ、アンジェリカからのお願い♡』って言わせれば大抵のことは上手くいきそうだ。

エルフの王国への最終兵器である。

しかし仮にしもべにしたところで、大人しく言うことを聞くのかどうかは疑問だが。

まあ細かいことは置いといて、外交カードとしては悪くないだろう。強力な一枚だ。

……そういえば、今後もアルーティアに協力する体《てい》で話をしてしまったが、ここには光の勇者じゃないってことを言いに来たんだった。

こうなると、今打ち明けるわけにもいかない。

あの場を収めるためとはいえ、ロファーシルの相手をすると宣言したのは俺だ。

自分の発言の責任はとるべきだろう。

それにエルフの王国との同盟が上手くいけば、帝国に対抗するための大きな助けになるかもしれないからな。

「おっちゃん！　絶対勝ってや‼」

「安心しろリンダ！　勇者殿が負けるはずがない」

そう言って、嬉しそうに俺の腕に抱きつくリンダとパトリシア。

はぁ、こいつらを見てると、この国を見捨てて俺だけ逃げる気にはなれないよな。

飯も一緒に食っちまったし。

食事の席を共にすると、仲間意識が強まるものである。美味そうにとんかつ定食を食ってたこいつらを思い出すと尚更だ。

せめてエルフの国との同盟が上手くいくまでは、光の勇者でいるとするか。

そこからは、なるようになるさ！

俺はそう覚悟を決めると、女王に尋ねる。

「なあ、女王様。アルーティアやエルフの国のこともそうだが、帝国についても少し知識が欲しいんだ。同盟を組むにしても戦うにしても、相手のことが分かってないとどうしようもないからな」

彼を知り己を知ればなんとやらである。

俺の言葉に、セレスリーナは目を輝かせた。

「まあ！　なんと頼もしいお言葉でしょう。分かりましたわ勇者様、奥にいらしてください」

女王は皆にこのまま宴を始めるように声をかけると、俺たちを連れてホールの奥にある扉に向かう。

衛兵が恭しく頭を下げて、その扉を開けた。

俺たちは立派な調度品《ちょうどひん》に囲まれた部屋に入る。

「先程の場所が謁見《えっけん》の間、こちらは私の部屋ですわ」

「へえ、やっぱりいかにも女王陛下の部屋って感じだな」

ファンタジー映画でこんなシーンを見たことがある。

セレスリーナが普段、執務《しつむ》をしているのであろう机の後ろの壁には、あるものがかけられていた。

「こいつは……」

女王は頷くと俺に言った。

「ええ、これを見ながら説明させて頂くのが一番良いかと思いまして」

4、帝国の脅威《きょうい》

壁にかけられているのは、大きな地図だ。一つの大陸が中央に描かれている。

「なあ女王様。これは、ここの世界地図か？」

「はい、勇者様！　ですが、『ここの』とは？」

「ま、まあこっちの話だ」

可愛く首を傾げるセレスリーナ。大きな銀色の狼耳が、同じ方向に揺れるのがリアルである。まあ、本物だから当然だが。

パトリシアの尻尾までつられて不思議そうに揺れていた。ケモナーなら歓喜であろう。

俺は再び地図に目を向けて、その全貌を眺める。

なるほどな、これがこの世界ってわけだ。

そこには『ローファル世界地図』と書かれている。

あの女神は教えてもくれなかったが、この世界はローファルというのだろう。

そして中央に描かれた大きな大陸の名は、ルファストリアというらしい。

「おい、もしかしてこれが？」

俺は、大陸の中央から東にかけて広がる巨大な国を指さした。

女王は少し俯《うつむ》いて答える。

「はい、バルドギア帝国です。魔族と手を結び、さらには邪竜メルドーザまで操り、次々と領土を拡大していった邪悪な帝国ですわ」

マジかよ、これ。半端なくデカい！

その支配領域は、大陸全体の六割に及ぶだろう。

東半分は全てバルドギア帝国の領土と言ってもいい。

セレスリーナの話では、いよいよアルーティアがある西側にも、その魔の手が伸びてきたところのようだ。

「殆《ほとん》どの国々はあの邪竜メルドーザの前になすすべもなく、戦わずして降伏しました。帝国は、従えた国の民を奴隷として働かせ国力を増していったのです」

パトリシアが怒りの声を上げる。

「我がアルーティアの民は、奴隷になどさせぬ！」

王女としては当然の反応だろう。だが、降伏せずに戦って負ければ恐らく……

セレスリーナは目を伏せたまま続ける。

「……逆らった国の民はことごとく処刑されます。ああ！　まるで悪魔の所業《しょぎょう》ですわ」

ていうか、ある意味悪魔そのものだろう。

なんたって、帝国の魔将軍ロダードは高位魔族だったからな。

「それにしても、皇帝とかいう奴は人間なんだろう？　何で魔族なんかと組んでるんだ」

女王は首を横に振る。

「分かりません。今の皇帝になったのは二年前。そこからですわ、帝国が領土を拡大し始めたのは」

パトリシアが、怒りに満ちた目で地図にある帝国を睨みつける。

「皇帝ザギレウス！　奴こそ悪魔だ‼」

「ほんまやで、おっちゃん！　絶対、やっつけてや！」

どうやらその皇帝の名は、ザギレウスというらしい。

『やっつけてや』って言われてもな。こりゃあ、相手がデカすぎるだろ。一人じゃとても無理だ。

俺は帝国領でない場所を眺める。

そこにはアルーティアと、エルフの王国であるエルフェンシアの名前があった。

周辺の国の中ではどちらも大きいが、帝国に比べれば十分の一以下だ。

両国が組んだとしても、五倍程度の国土の差があるだろう。

「なあ、エルフの国っていうのは頼りになるのか？」

さっきまでは同盟を組む気満々でいたが、あの親書の内容を思い出すと、偉大なるエルフの王とやらには不安を覚える。

偉大さの欠片《かけら》も感じさせない内容だったからな。

あれじゃあ、ただの親バカだ。

セリスリーナもあの親書を思い出したのか、眉間にしわを寄せながら俺に答えた。

「国王は親バカですけど、その力は頼りになりますわ。恐らく、自力でメルドーザを退《しりぞ》けられる国があるとしたら彼らだけです。物理攻撃や中途半端な魔法では通用しませんでしたから」

セレスリーナが言うには、アルーティアの騎士団の兵士は俊敏《しゅんびん》で屈強《くっきょう》だが、魔法についてはエルフたちには到底かなわないらしい。

確かにエルフといえば魔法特性が高いっていうイメージだからな。

それにしても……

「自力であの化け物を!?」

それは凄えな。只の親バカではなさそうだ。

こりゃあ、エルフの王国との同盟が上手くいけば、本当に何とかなるかもしれん！

……いや、待てよ？

「てことはあれか。あのワガママ王女も相当ヤバい奴ってことか!?」

リンダが首を傾げる。

「おっちゃん！　今更何言うてんねん、実際ヤバい奴やったやん！　あんなワガママな女見たことないで」

「いや、そういう意味のヤバい奴じゃなくてな」

親書の中には『その魔力に至るや王国でも屈指、まさにエルフェンシアの薔薇とも言ってよい我が娘。それだけではないですぞ、あの若さでエルフェンシア王立魔法学院を首席で卒業し……』とか書いてあったよな。

あいつ、ああ見えて凄い奴なのか!?

「なあ、アンジェリカって相当凄い魔道士なのか？　そういえば『雷撃のアンジェリカ』とかいう通り名がついてたよな」

セレスリーナはポンと手を叩いて俺に言った。

「エルフの王国でも屈指というぐらいですもの。純粋に魔法だけの戦いなら、魔族にも引けを取らないかもしれませんね」

おいおい、とんだ化け物を怒らせてしまったな。

ことの重大さをようやく理解した俺の腕を、パトリシアとリンダがそれぞれ両側から取る。

「母上！　勇者殿は高位魔族にさえ打ち勝ったのだ、心配はない！」

「せや、楽勝やで！　な、おっちゃん？」

二人とも何の憂《うれ》いもない表情でそう言って、大きく尻尾を振る。

モフモフした尻尾が揺れるのを眺めながら俺は思った。

楽勝……か、そう上手くいけばいいけどな。

改めて、魔将軍を倒した一戦を思い出す。

聖剣の力のお陰で、残り火のようだった女神の加護が一気に燃え上がり、ロダードを倒すことは出来た。

だが、もうその加護も完全に消えているだろう。二度目はないと思った方がいい。

アンジェリカの力がどの程度なのかは知らないが、もしもロダードクラスの魔法を使えるとしたら苦戦は必至だ。

その上、あの剣聖とやらも傍にいるからな。仮に魔法を使う時に詠唱などの予備動作があるとしても、そこで倒せるとは限らないだろう。

しかし……

俺は、もう一度壁に飾られた世界地図を眺める。

いずれにしても勝つしかないな。馬鹿でかい帝国の領土を見ながら俺は思った。

こんな相手とやり合うのなら、少なくともエルフたちとの同盟は必須だろう。

もし、あのワガママプリンセスに負けたとしたら……

俺の額に下僕の印を刻んで高笑いするアンジェリカと、それを見て怒りに燃える獣人たちの様子が目に浮かぶ。

獣人たちにとっては、俺は伝説の英雄だからな。ある意味、国の誇りだ。

……どう考えても同盟どころじゃない。

俺はふぅと溜め息をつくと、パトリシアとリンダに言った。

「まあ、とにかく明日あいつらに勝つことだな」

それが、帝国と戦う上での最低条件だ。

セリスリーナたちが大きく頷く。

「ええ、そうですわね、勇者様！　勝利を信じていますわ」

「うむ、勇者殿！」

「おっちゃん、明日は最前列で応援するで！」

「はは……ありがとな」

問題は、カンストを生かした身体能力頼りの戦い方がどこまで通じるかだろう。

なにしろ俺のスキルときたら、あの【趣味】ってやつだけだからな。

待てよ？

そう言えば、まだ他の趣味の力を確かめてないな。

早速【鑑定眼】でステータスを確認する。

名前：カズヤ・サクラガワ
種族：人間
職業：無職　レベル９９９

力：32000
体力：38700
魔力：22000
速さ：35200
幸運：17300
魔法：なし
物理スキル：なし
特殊魔法：なし
特殊スキル：【鑑定眼】【全言語理解】
ユニークスキル：【趣味】
称号：【遊び人】【邪竜殺し】

相変わらずステータスの数値は見事なものだが、戦闘スキルらしきものはない。

とりあえず、俺はユニークスキルの【趣味】に意識を集中した。

『趣味：【ネット】【ゲーム】【映画鑑賞】【一人で食べ歩き】』

食べ歩きはまた【一人で食べ歩き】に戻っている。

どうやら、その都度スキルポイントを千ポイント使って【みんなで食べ歩き】にグレードアップする必要があるようだ。

とりあえず、【映画鑑賞】から確かめてみるか。

俺はその詳細を開いた。

『映画鑑賞：今までに貴方が視聴したことがある映画を、鑑賞することが出来ます。視聴の際は、スクリーンモードとバーチャルモードを選べます』

読んで字のごとしのスキルだな。

しかし待てよ、最後のスクリーンモードとバーチャルモードっていうのは何だ？

俺がそう考えたからだろう、【鑑定眼】が働いて自動的に補足説明が入る。

『スクリーンモードは、好きな場所にご視聴希望の映画を投影《とうえい》します。スキルポイントを千ポイント使用すれば、お好きな言語での吹《ふ》き替《か》えや字幕《じまく》スーパーを入れることも可能です。サウンド方式はモノラルやステレオ、そして臨場《りんじょう》感あふれるサラウンドモードから選べます』

なるほど、例えばこの部屋の壁をスクリーン代わりにしたりも出来るってことだ。

好みのサウンド方式はもちろん、吹き替えや字幕まで付けられるとは便利だな。

さっきのホールを上手く使えば、豪華なシアタールームが即席《そくせき》で完成しそうである。

だが、バーチャルモードっていうのは何だ？

『説明するのが面倒なので、バーチャルモードのデモプレイをさせて頂きます。視聴映画と視聴シーンはこちらで選択しますのでご安心を。それではお楽しみください』

こいつ説明を端折《はしょ》りやがった！　デモプレイってどういうことだ⁉

次の瞬間――

「うぉ、なんだこりゃあ‼」

眼前に広がった光景に、俺は思わず声を上げた。

気が付くと、俺は大空を飛んでいた。雄大《ゆうだい》な景色が遥か下に広がっている。

凄え……

俺は白い竜――飛竜に乗っていた。胴体こそ馬の二倍程度だが、両翼《りょうよく》は小型のプロペラ機ぐらいはあるだろう。滑らかなその鱗の感触を、体にはっきりと感じる。

その竜と周囲の光景を見てすぐに分かった。

これは、俺が一番好きなファンタジー映画『王国の勇者と白きドラゴン』のワンシーンだ。

高校の頃に初めて観《み》て以来、何回繰り返し観たことか。

今俺が体験しているのは、その映画のクライマックス。主人公の騎士が国を救うために、恋人である王女に別れを告げ、単身白いドラゴンの背中に乗って、敵の漆黒の飛竜軍団に立ち向かっていくシーンだ。

生きては戻れない片道切符《きっぷ》の戦い、まさにハードボイルドな男のロマンである。

「アルギュウスよ、さあ参ろう。これが最後の戦いだ」

いつもより数段渋い声でそう口にした俺の右手には、騎士の紋章《もんしょう》が刻まれたロングソードが握られている。

アルギュウスというのは、主人公が乗る白い飛竜の名だ。

飛んでいるうちに、目の前から黒い飛竜に乗った連中が、向かってくるのが見えた。

俺の乗る飛竜が一声大きく咆哮《ほうこう》する。その直後、俺たちは凄まじい勢いで敵の軍団に突っ込んだ。

敵の攻撃をかいくぐりながら剣を振るう俺。

上下左右に飛竜が飛び回る度に、強烈な空気の抵抗を感じる。

これは映画の中に入り込んだ、なんて呼べる次元じゃないな。

映画を基《もと》に作り出された、完璧な仮想《かそう》現実空間に迷い込んだと言った方がいいだろう。

敵のドラゴン、武器、その全てが恐ろしい程にリアルだ。

俺が乗るドラゴンが旋回《せんかい》する時に感じる重力《じゅうりょく》はもちろん、五感で受け取るもの全てが現実と変わらないように思える。

「うぉおおお!!」

まるで、戦闘機にでも乗っているような感覚だ。

次々に敵の攻撃が迫り、それを剣で弾き返しうち倒していく。

なまじ動体視力や身体能力が上がっているために、敵の動きがハッキリと目で追えてド迫力だ。

今俺の体は自分の意思とは関係なく、劇中の主人公と同じ動きをしている。まるでドラゴンに乗るための身のこなしを教えてもらっているようだ。

ある意味、秀逸《しゅういつ》なシミュレーターと言ってもいいだろう。

自分で勝手に動けない分、『正しい動きはこうだ！』と叩きこんでくれる。

凄え、まるでドラゴンと一体になってるみたいだ！

思わず興奮に手に汗握る。

臨場感あふれるサウンドや登場人物たちのセリフは、俺が実際にその場にいるかのように錯覚《さっかく》させる。

一歩間違えば、敵に倒される。そんな緊張感だ。

今、俺は間違いなく超一流の竜騎士となっている。

これは燃えるぜ！　完全に厨二病《ちゅうにびょう》全開である。

が、その時――

誰かが俺を呼ぶ声がする。

「勇者様!?」

「勇者殿どうしたのだ！」

「おっちゃん、どうしたんや！　しっかりしいや!!」

俺は体を揺さぶられてハッとした。

見えるのは黒い飛竜の群れではなく、セレスリーナの部屋だ。

『外部からの激しい干渉を感知しました、バーチャルモードのデモプレイを中断します。いかがでしたか、大迫力だったでしょう？』

この野郎……

まあ確かに、大迫力だった。

それは分かったが、せめてもう少し説明してからにしやがれ。

しかし、ヤバいなこの能力。

戦闘に役立つかどうかは置いておくとして、映画ファンとしては歓喜である。

一方で、心配そうに俺を見つめるセレスリーナたち。

目の前の勇者がいきなり叫び声を上げ始めたら、そりゃあ心配するのも当たり前だ。

リンダが俺の顔を覗き込む。

「どないしたんや、おっちゃん？『これが最後の戦いだ』とか何のこっちゃ？　いつもよりめっちゃ渋くてええ声出しとったで！」

いつもよりいい声というのは余計である。

バーチャルモード中は主人公のセリフを実際に口にしているのかと思うと、それはそれでかなり恥ずかしい状態だ。

「い、いや。ちょっと今、飛竜に乗っててな」

興奮がまだ収まらず、周りの皆には全く通じないであろう説明を口にしてしまう。

「なに言うとるんや、おっちゃん？　ここに飛竜なんておらへんで」

セレスリーナが俺に尋ねる。

「あら、勇者様は飛竜に乗ったことがおありなのですか？」

「え？　ま、まあ少しだけな」

あれが「少し」にカウントされるなら、だが。

しかし、あの感覚は凄かった。実際に乗ったと言ってもいいくらいのリアルさだ。

「まあ！　パトリシア、それでは早速、勇者様のための飛竜をご用意しなくては！」

女王が言うには、アルーティアの飛竜騎士団は有名らしい。

パトリシアはその中でも一番の乗り手だそうだ。

そういえばリンダが、パトリシアが飛竜であの邪竜に戦いを挑もうとしたって言ってたな。

「うむ、母上！　飛竜に乗った勇者殿が先頭に立ってくだされば、騎士団の士気は一気に上がる。すぐに勇者殿専用の飛竜を用意しよう！」

その言葉に、俺は思わずパトリシアに聞き返した。

「おいパトリシア。今、俺用の飛竜って言ったか？」

「うむ、勇者殿。無論、勇者殿の専用の飛竜だ！」

マイカーならぬマイドラゴンである。

飛竜に乗って空を飛ぶとか、ファンタジー好きにとっては夢だ。

それに今さっきあの体験をしたばかりだ、正直興味は湧《わ》く。

だがしかし……

「でもさ、ほらやっぱりドラゴンなんだろ？　油断したら頭から丸かじりされるとかさ」

「なんやおっちゃん、男のくせに意気地《いくじ》がないんやな。姫様なんて馬みたいに鮮やかに乗りこなすで」

馬鹿言うな、こっちは竜なんていない生粋《きっすい》の別世界育ちなんだ。

女神の加護もなくなった今、パクリとやられて昇天するのだけは勘弁《かんべん》だ。

「安心してくれ、きちんと躾《しつ》けてある。飛竜に慣れておられぬのなら、私が勇者殿に教えて差し上げよう！」

こんな美少女にそう言われるとな。

男としては「怖いから乗れません」とか言い出しにくい。

地球にいた時とは身体能力も段違いだ、何とかなるかもしれん。

それにさっきはあの仮想現実空間で、超一流の飛竜乗りだったからな。

もし、あの感覚でいけるのなら……

「ま、まあとりあえず見るだけ見てみるか」

「そうか、なら早速案内しよう！」

俺が興味を持ったことが嬉しいのだろう、手を引いて部屋を出ようとするパトリシア。

相変わらずの気の早さだ。

「ちょっと待て、パトリシア！」

まだ、他の【趣味】の力を確認してないぞ。飛竜を見ていたらそんな時間はなくなるだろうし、先に確認しておきたい。

最初はただの趣味じゃないかと思ったが、この様子じゃあ並大抵《なみたいてい》ではない力を秘めている可能性がある。

「どうしたのだ？　勇者殿」

「まあいいから、少しだけ待っててくれ。すぐすむからさ」

不思議そうに首を傾げるパトリシアに俺はそう答えると、残りの趣味の項目を調べる。

『趣味：【ネット】【ゲーム】【映画鑑賞】【一人で食べ歩き】』

まずは【ゲーム】を調べてみるか。

『ゲーム：貴方がやり込んでいたMMO『S・H・Cオンライン』のプレイが出来ます。プレイスタイルはスクリーンモードとバーチャルモードから選べます』

S・H・Cオンラインか……。映画の時とは違って、プレイ出来るのはこれ一本だけらしい。

確かに広く「ゲーム」って言っても、ここ数年はこれ以外やってないからな。

仕事に追われるサラリーマンの宿命である。

S・H・Cとは、シックス・ヒーローズ・オブ・ザ・コンチネントの略称だ。

つまり、直訳すると「大陸の六英雄」という名のゲームである。

リアルなグラフィックと高いアクション性で、サービス開始から五年が経った今でも人気の高いオンラインゲームだ。

大別して六種類の職業を選べ、加えてプレイヤーが選択する行動によって善、悪、それから中立といった隠し属性がつく。

それに応じて覚えるスキルも変化し、さらにそのスキルが進化、覚醒《かくせい》する。

どのスキルを取得するかもプレイヤーに委《ゆだ》ねられているだけに、出来上がるキャラクターは千差《せんさ》万別《ばんべつ》だ。

もちろん、バトルだけでなく生産系のプレイも出来るので、極めれば極める程味が出るゲームである。

待てよ、これもスクリーンモードとバーチャルモードがあるのか⁉

『はい、スクリーンモードは好きな場所に画面を投影してゲームが出来ます。デバイスはマウス&キーボードかゲームパッドを選択してください。サウンド方式はモノラルやステレオ、そして臨場感あふれるサラウンドモードから選べます』

なるほどな、デバイスも選択可能と……

それにバーチャルモードって、さっきみたいな感覚でこのゲームが出来るってことか⁉

『試してみますか？』

いやいや、ちょっと待て。

ここで試すと、またブツブツと独り言を繰り返す変な奴になりかねない。映画鑑賞で大体のイメージは分かったからな。試すなら一人のときにしよう。

『……本当にいいんですか？　試してみなくても』

何だ、意味深《いみしん》な言い方をしやがるな。

しかし俺の気のせいだったのか、声はすぐに次の説明に入った。

『分かりました。ただしご利用には【ネット】の利用が必要です』

【ネット】？

ああ、最後の【趣味】の力か。

確かにS・H・Cはオンラインゲームだから筋は通っている。

俺は早速【ネット】の力を確認する。

『ネット：インターネットが使えます。端末《たんまつ》モードとスクリーンモード、バーチャルモードで使用可能です。端末モードで使用したいときはタブレットとスマホの二つのタイプから選べます。端末クリエイションで子端末を作れます』

これって、この世界でネットが普通に使えるってことか？

それに最後の端末クリエイションっていうのはなんだ？

『試してみますか？　親端末作成にスキルポイント千ポイント、子端末作成に五百ポイント必要です』

（ああ、構わない。頼む）

　これは一度試してみないと分からない。やってみるのが早いだろう。

『それではまず、親端末と子端末を一台ずつ作ります。タブレットタイプとスマホタイプ、どちらがよろしいですか？』

（とりあえずスマホだな。それでは作製します』

『分かりました。それでは作製します』

　その瞬間、俺の右手と左手に光が集まっていく。

「うぉ!!」

「勇者様!?」

「勇者殿!?」

「おっちゃん!!」

　四者四様の驚きの中で、俺の両手にそれぞれ一台ずつのスマホが現れた。

『裏面にカズヤさんのロゴが入っているのが親端末です。子端末はとりあえずパトリシアさんの物を作りました。使用者はそれぞれ貴方とパトリシアさんに限定されます。パトリシアさんはとても可愛いのでロゴ作成にやる気が出ました。カズヤさんのロゴはそこそこな感じで作りました』

　確かに右手のスマホの裏面には、俺の顔を模したロゴマークが小さく入っている。

　一方で、左手のスマホにはパトリシアを可愛らしくデフォルメしたマークが大きく入っていた。

……この野郎、この差は何だ！

そのロゴマークに気が付いたのだろう、パトリシアは興味津々《しんしん》の顔で俺を見つめた。

「これは何なのだ勇者殿？　この印は私の顔のようだが」

「ああ、お前専用の端末だ。って、端末って言っても分からないか」

思った通り、首を傾げるパトリシア。

俺は話しながら自分の端末を操作する。

凄えなこれ、普通に向こうで使ってたスマホと変わらねえわ。

親端末についてては大体分かったが、じゃあこの子端末っていうやつはなんだ？

『子端末はインターネットに接続出来ません。ただし、親端末とのネットワークを構築して連絡が取れます。パトリシアさん用に、この世界の言語パックもインストール済みですのでご安心を。使用の際は画面右上の専用アプリをタップしてください』

試してみるか。俺はパトリシアに子端末を渡す。

「勇者殿？」

「いいから、右上にあるマークをこんな風に押してみな」

俺は、自分のスマホにあるアプリマークをタップする。

パトリシアは見よう見まねで、自分の端末をタップした。

「勇者殿！　メッセージを送れますと書いてある！」

夢中になりながらメッセージの部分をタップするパトリシア。

この辺は年頃の女の子だな。

どうやったらいいのか俺が教えると、一生懸命文字を入力し始めた。

集中してるのか、一文字入れるたびに無意識に狼耳がピコピコ動いている。

俺が教えたようにメッセージを入力して、送信ボタンを押した。

ピロリンと音がして、俺のスマホのアプリに新着のメッセージが届く。

画面には、パトリシアのロゴとメッセージが映っていた。

〈我が国を救ってくれてありがとう。勇者殿とまたとんかつ定食を食べに行きたい〉

そう書いてある。

送り主のパトリシアは大きな尻尾を振って俺を見つめている。

可愛いもんだ。こう言われると、誘った側としては嬉しい。

俺も早速返事を送る。

〈パトリシア、お前は素直《すなお》で可愛いな。ああ、また一緒に食べに行こう！〉

俺のロゴマークが入ったメッセージが、先程のメッセージの上に新着として追加される。

それを見て、さらに尻尾を大きく振るパトリシア。

「ゆ、勇者殿は大胆《だいたん》だな……か、可愛いなどと」

おい、そういう意味じゃないぞ。無邪気《むじゃき》で可愛いということであってだな。

そんなことを考えていると、補足の説明が入る。

『メッセージには端末で撮った写真や動画も添付《てんぷ》出来ます。グループを組めばグループメンバーでの通話も可能です』

そりゃあ便利だな。

俺がそれをパトリシアに説明すると、意味が分からないといった様子で尻尾をしゅんとさせる。

「……私には扱えそうもない」

「安心しろ、俺が先に使い方を覚えて教えてやるからさ」

「うむ！　勇者殿が教えてくれるのなら出来るかもしれない」

ニッコリと笑う姫騎士。

いちいち説明するよりは、使いながら覚える方が速いだろ。

セレスリーナは隣で俺たちのやり取りを眺めながら、大きく頬を膨らませている。

「勇者様、パトリシアだけずるいですわ。私もそれが欲しいです！」

「おっちゃん、うちも欲しいわ！」

リンダもすっかり興味津々である。

互いに連絡を取り合う道具だということは、十分に伝わったようだ。

それにしても……

こいつは別の意味でも使えるんじゃないか？

一つの可能性を考えながら、女王とリンダ用の端末を追加でクリエイトする。

『新しい子端末も同じグループに登録しますか？』

（ああ、そうしてくれ）

『了解しました』

登録が完了した後、俺は新たな二つの子端末を女王とリンダに渡した。

裏面には美しい女王のロゴマークと、元気印の猫耳娘のロゴマークが入っている。

相変わらず俺のよりも数段出来がいい。

「まあ！　勇者様、これをどうするんですの？」

「うちにも教えてや」

俺はパトリシアの時と同じように、セレスリーナに専用アプリの使い方を教える。

その隣で、リンダにはパトリシアが操作方法を教えていた。

やはり親子だ、セレスリーナも娘と同じく耳をピコピコさせながら一文字ずつ打ち込んでいる。

清楚な美女がするにはアンバランスな仕草《しぐさ》が可愛らしい。

「出来ましたわ！」

そう言って尻尾を優雅に振ると、送信ボタンを押す。

女王をデフォルメしたロゴマークが、メッセージと共に新着に現れた。

〈勇者様、この度はアルーティアをお救いくださいましてありがとうございます。そうそう、そう

いえばとんかつ定食ってなんですの？〉

俺は思わず頭を掻きながら、それに返信した。

〈まあ、口で説明しても分かりにくいな。今度一緒に連れてくよ〉

それを見てセレスリーナは、スマホを挟むようにして両手を胸の前に合わせた。

「まあ、それは楽しみですわ！　とんかつ定食、なんて素敵《すてき》な響きなのでしょう！」

「はは……そんなに期待されると困るな」

味は絶品《ぜっぴん》だが女王様に似つかわしい料理じゃない。

どう考えても、優雅《ゆうが》なフレンチとかのほうがお似合いだ。

暫くするとリンダからのメッセージも届く。

〈おっちゃん！　うちもまた連れてってや！〉

〈ああ、それじゃあ今度は女王様も連れて食いに行こうぜ！〉

ピロリンと音がして俺からの返事が表示されると、リンダは嬉しそうに端末を見つめた。

「なんや楽しいわこれ！」

「うむ、とても楽しい！」

同じグループを組んでいるので、全員のメッセージがアプリで共有出来る。

グループでの音声通話も試したが、互いの距離が近すぎて思わずリンダが笑った。

「うちらこないに近くにおるんやもん。よう考えたら直接話した方が早いわ」

「まあこの距離なら確かにな。でもよ、遠距離でもこれと同じことが出来るって考えたらどうだ？」

リンダが首を傾げる。

「距離が離れても、っておっちゃん。例えばこの城の外に居《お》っても連絡出来るんか？」

既に確認しているが、この能力に特に制限距離はない。

親端末である俺の端末が起動していれば、離れていても通信は可能だ。

「いや、もっと遠くだ。例えばここから別の国とかでもな」

それを聞いて三人は目を丸くする。

「そんなに遠くに！」

「勇者殿それは本当か⁉」

「ホンマなら、凄いでそれは！」

俺は端末を手にして肩をすくめる。

「こいつは役に立つぜ。遊びでじゃない、帝国と戦う時の武器としてな」

ポカンとする三人。

俺はパトリシアに尋ねた。

「なあパトリシア。例えばお前たちが今、騎士団の重要な情報を遠くの仲間に伝えようとする時はどうしてる？」

「それは例えば狼煙《のろし》を使ったり……だが敵に知られては困るような内容なら伝令《でんれい》を使う。国境にはそのための飛竜部隊もいるぐらいだ」

　俺は端末を右手でクルリと回すと、パトリシアに言う。

「じゃあその伝令部隊がこいつを持ってたらどうなる？　飛竜で飛んでいく必要はない、一瞬で情報を伝えられるぜ」

　それを聞いて三人はハッとした顔になる。

「せや……おっちゃんの言う通りやで。もしそれが出来たら、各地の狼煙塔《とう》で中継しながら連絡するよりもよっぽど早いわ！」

「本当ですわ！　もしこれがあったら、メルドーザが都《みやこ》の上空に来る前に城下の民を避難させることが出来たはず」

「うむ！　伝令を使わねばならぬような、極秘《ごくひ》の内容もこれがあればすぐ伝わる‼」

「それだけじゃないぜ。ちょっとこっちを向いてみろ、パトリシア」

　すっかり興奮した様子でこちらを見つめるパトリシアを、俺はスマホのカメラでパチリと写した。

　そしてそれをメッセージに添えて送る。

〈どうだ、綺麗に写ってるだろ？　パトリシア〉

　メッセージと共に、俺が写したパトリシアの写真が画面に映し出された。

　相変わらずアイドル顔負けの美少女である。これでくっころ系でなければ完璧だったろう。

「何がどうなっとるんや？　姫様が画面に映っとるで！」

「あら、本当ですわ！」

「勇者殿！　何をしたのだ!?」

パトリシアたちは騒然となる。当然だが、写真を見るのが初めてなのだろう。

さっき絵を送れるとまでは説明したのだが、こんなに鮮明なものだとは思わなかったに違いない。

「はは。写真ってやつでな、こうやってスマホで撮って送れるんだ」

やり方を教えると、パトリシアとリンダは食い入るように聞く。

年頃の女の子は、何処の世界でも好奇心旺盛《こうきしんおうせい》なものだ。

俺は壁にかかった地図に描かれた、馬鹿デカい国を眺める。

「必要な人間にこれを持たせておけば、情報を共有出来るだろ？　画像情報が必要な時はカメラを使えばいい。帝国とやらと戦うのなら、これはきっと強い武器になるぜ」

斥候《せっこう》や国境警備の飛竜部隊がいるなら、まずはそいつらに渡しておくのがいいだろう。

地上部隊にも必要に応じて配ればいい。

もし情報収集のために帝国に潜入《せんにゅう》するような部隊がいるとしたら、そいつらにこれを渡せばその効果は言うまでもないだろう。

戦争に参加するなんて実感が湧かないが、敵が攻めてきてる以上、それに対処しなけりゃならないからな。

こちらにはその気がなくても、向こうはそうじゃない。

防衛戦をするなら、情報が極めて重要になるのは間違いないだろう。

エルフと同盟が組めたなら、向こうとのホットラインも作れる。

場合によっては、必要な台数の子端末を渡してもいい。

まあしかし、それはエルフとの同盟が上手くいってからの話だな。

パトリシアが嬉しそうに端末を握りしめる。

「うむ！　うむ！　勇者殿、これは凄い道具だ!!」

「ほんまやで！　姫様、早速飛竜部隊に配らな」

俺は二人の様子を見て肩をすくめた。

「そういえば飛竜を見に行くんだったよな。丁度いい、俺も自分専用の飛竜とやらに興味があるし、案内してくれ」

実際に飛竜に乗るっていうのは不安もあるが、正直興味の方が勝《まさ》る。

「うむ！　勇者殿、それでは参ろう」

「ああ、行こうぜ！」

俺はそう言うと、パトリシアと一緒に部屋の扉を大きく開いた。

5、飛竜の厩舎《きゅうしゃ》

部屋を出ると、ホールの中にいる人々が歓声を上げて一斉にこちらを見つめる。

席を外していた俺たちが、戻ってきたからだろう。

セレスリーナが、彼らににこやかに微笑みながら俺にそっと囁《ささや》く。

「宴は私がこのまま進めますわ。その間に勇者様はパトリシアたちと共に飛竜の厩舎へ。善は急げですわ」

確かに帝国からの防御を固めるのなら早い方がいい。

それに、目の前にいる全員から勇者と崇《あが》められるのは勘弁だ。

俺は伝説の勇者なんかじゃないからな。

「ああ、セレスリーナ。助かる、こういう席は苦手なんだ」

第一、セレモニーっていうのはどうも肩が凝《こ》っていけない。

「ふふ、勇者様らしいですわ。お行きになる前に、どうか皆に手を振ってあげてください」

女王やパトリシアと共に、ホールの会場に集まった連中に俺は大きく手を振る。

すると会場から大歓声が上がる。

女王が、俺がこれから飛竜騎士団の視察に向かうことを告げると、さらに大きな歓声が響いた。

上手いものだ、ああ言えば俺やパトリシアが席を外しても不思議じゃないもんな。

少し天然《てんねん》な部分もあるが、やはりこの国の女王である。

パトリシアが声をかけた数名の騎士も連れて、ホールを後にすると長い廊下を暫く歩く。

俺はリンダに耳打ちをした。

「何処に行くんだ？」

「騎士団の宿舎やで。飛竜の厩舎《きゅうしゃ》や訓練用の闘技場もあるでっかい施設や。姫様は騎士団長も務めとってな、飛竜に乗って戦う姿はまるで戦女神や」

「ほう、パトリシアが？」

まさに文字通り姫騎士だな。この歳で騎士団長を務めるぐらいだ、腕も相当なのだろう。

他の騎士たちと何やら話しながら歩く姿は、確かに高貴で美しい。

モデルのように長い手足にスラリとしたスタイル。しつこいようだが、くっころ系なこと以外は完璧である。

俺が感心してパトリシアを眺めていると、彼女は首を傾げて俺に問いかける。

「どうしたのだ？　勇者殿」

「いや、こうして見ると、立派な王女様だなって思ってさ」

「なっ！」

少し頬を染めて咳ばらいをすると、パトリシアは俺を見つめる。

「今は真面目な話をしているのだ。そうだ、勇者殿からも説明してくれ」

パトリシアが言うには、一緒に連れてきた騎士たちは王国の飛竜騎士団の指揮官たちらしい。

どうやら例の端末のことをパトリシアが話していたようなのだが、中々上手く伝わらないという。

そりゃそうだな、実際渡して説明した方が早い。飛竜騎士団の指揮官たちなら端末を渡してもいいだろ。

「ちょっと待ってろ、今端末を用意するからな」

俺は立ち止まって、指揮官たち用の子端末をクリエイトする。

それを見て、驚きの声を上げる騎士たち。

俺は彼らにそれぞれ子端末を渡すと、使い方を説明した。

実際にパトリシアと俺がメッセージを送る実演もすると、セレスリーナたちの時と同様に指揮官たちは目を丸くする。

そして、口々に俺に言った。

「勇者殿、国境からでもこれで連絡が取れるというのはまことですか⁉」

「そうであれば、これは凄い！」

「国境にいる部隊に持たせれば、帝国の動きを逐一《ちくいち》報告させられます。メルドーザの時のようなことは二度とは起きぬでしょう！」

俺は頷くとパトリシアに尋ねた。

「パトリシア、後で騎士団の指揮系統を教えてくれ。この国の町や村には、これを持った連絡役を送らないとな。帝国がまた何かを仕掛けてきた時に、人々を避難させないといけないだろう？」

「うむ、勇者殿！　ぜひ頼む」

にしても、そうなると結構な数が必要になるな。

『人数が多い時は、使用する目的によってアプリ側でグループ分けすると便利ですよ。親端末のアプリ設定から操作可能です』

なるほどな。

俺はとりあえず騎士団用のグループと、パトリシアたちとのプライベート用のグループを作る。

女王様やパトリシアからの、『とんかつ定食が食べたい』なんていうメッセージが全体に流れたらある意味問題だろう。

いずれのグループのやり取りも、親端末を持つ俺には確認が出来るようだ。

端末の数が増えたら、騎士団の中でもまた幾つかグループを作ればいいよな。

俺を覗き込むように見上げると、リンダは意外そうに言う。

「なんや、おっちゃんが急に頼もしく見えてきたわ」

おい……急には余計だろ。

それに頼もしいってわけじゃない。単純にスマホやこの手のアプリに慣れてるかどうかの違いだ。

「うむ！　勇者殿は世界一頼りになる男だ」

そう言って、俺の手を握りしめるパトリシア。

リンダは意味ありげに俺に視線を送る。

「男勝りの姫様が、誰かにこんなこと言うの珍しいで」

そして、肘で俺の脇をつつくと耳元で囁いた。

「姫様、絶対おっちゃんに惚れとるで」

おいおい、侍女たる者が言うセリフじゃねえだろ。

俺はスマホ片手に囁き返した。

「ああ、ただしとんかつ定食と同レベルでのことだけどな」

「なんやそれ、ベタ惚れやん」

……頭が痛くなってきた。

猫耳娘とそんな下らない話をしていると、騎士の一人が俺とパトリシアに申し出る。

「勇者様、姫様。伝令に携《たずさ》わる兵士たちは、いつものように飛竜の厩舎の詰所《つめしょ》に待機しております。早速彼らにもこれを与え、各地に向かわせましょう！」

「うむ、そうだな！　勇者殿の専用の飛竜も用意しなくてはならぬ。宿舎に着いたら早速飛竜の厩舎に向かおう」

パトリシアの言葉に騎士たちが一斉にどよめいた。

「おお！　勇者殿が飛竜に！　これはぜひ拝見せねば」

「邪竜メルドーザを倒し、魔将軍さえも打ち倒したお方。さぞや見事な腕前でしょうな！」

「「勉強させて頂きます！　勇者殿!!」」

キラッキラした目で俺を見る飛竜騎士団の指揮官たち。

おいやめろ、やる前にハードルを上げるんじゃない。こっちは完全に素人《しろうと》だぞ。

期待に応えられなかった時に、そっと目を逸《そ》らされそうで怖い。

俺が若干引き気味に騎士たちの様子を眺めていると、彼らの一人がポンと手を叩いて俺に言った。

「良い飛竜がおりますぞ！　今まで誰も乗りこなせなかった飛竜なのですが、勇者殿ならばきっと乗りこなしてくださることでしょう」

「そ、そうか？　そんなに気を遣うなよ。普通のやつで良いんだぜ」

ていうか、寧《むし》ろ普通のでお願いしたい。

期待のこもった眼差しを痛いぐらいに全身に感じながら、廊下をさらに歩いていくと宮殿の外に出る。

その先に騎士団の施設らしきものが見えてきた。

「あそこだ、飛竜の厩舎は入り口にある」

その言葉に俺はそちらを眺めると、遠目にも見覚えのある一団がいるのが分かった。

パトリシアやリンダも気が付いたのだろう。そいつらを睨みつけていた。

そこにいるのはエルフの一団だ。

先頭にはあの我がまま王女アンジェリカと、剣聖ロファーシルが立っている。

おいおい、あいつら何でいるんだ？

「なんや、あのまな板王女、あんなところで何しとるんや！」

「うむ！　一体どういうつもりだ」

アンジェリカの姿を見ただけで、いきり立つパトリシアとリンダ。

まあ無理もないか。女王の前で、この国を格下呼ばわりした相手だ。

仲良くなれと言う方が無理だろう。

あの場にいた周りの騎士たちも、怒りの視線をエルフの一団に向けている。

「とりあえず行ってみようぜ。まずは話を聞いてからだ」

俺は皆に怒りを鎮めるよう言い聞かせた。

唇を噛み締めるパトリシアたち。

「勇者殿がそう言うのなら……」

「おっちゃん、甘いで。話が通じる相手ちゃうわ」

文句を言いつつも、リンダも食ってかかるような真似はしなかった。

騎士たちも頷いてくれたので、俺たちは厩舎の傍に立つエルフの一団に向かって歩いていく。

向こうも俺たちに気が付き、アンジェリカはあからさまに嫌そうな顔をした。

腰に手を当てながら小さな胸を張って、偉そうに仁王立《におうだ》ちになる。

「何しに来たのよ？　貴方たち」

その言い草にパトリシアが即座に言い返す。

「それはこちらのセリフだ、そちらこそ何をしている！」

睨み合う両国の王女。どちらも飛びぬけた美少女なだけに、怒らせると迫力がある。

スタイルだけを見れば、パトリシアの圧勝だけどな。

二人を見比べていると、アンジェリカが真っ赤な顔をして胸を隠した。

「あ、あんたまた見てたわね！」

だから、そこは見る程ないだろ……

キッと俺を睨むアンジェリカ。俺は肩をすくめると尋ねた。

「こんなところで何してるんだ？　ここはアルーティアの騎士団の敷地だぜ」

パトリシアが大きく頷く。

「勇者殿の言う通りだ、返答によってはただではおかぬ！」

同行する騎士たちも色めき立っている。

他国の人間が勝手に騎士団の敷地に入り込んでいれば、そうもなるだろう。

そこにいたのはエルフの一団だけではない。アルーティアの兵士たちも同数程度おり、エルフたちの前に立ちはだかっている。

エルフの一団は、騎士団の宿舎のアルーティアの兵士たちと何やら話をしていたようだ。

その兵士たちがパトリシアの前に膝をつく。

「これは王女殿下！　実は今、王宮にお伺いするつもりだったのです。この方々が、我がアルーティア騎士団の様子を視察したいと」

「エルフェンシアからの特使だと仰るのですが、女王陛下や王女殿下のお許しのない方々をお通しは出来ぬと申しましたところ、こちらはアンジェリカ姫だと仰られまして……」

困り果てた様子で、パトリシアを見上げるその兵士。

先程のホールでの一件はまだ知らないのだろうが、エルフの王国から特使が来ていることは聞いているに違いない。

兵士たちは、アンジェリカの右手の腕輪を見つめている。

リンダ同様、それが何か知っているようだ。

エルフの王族の証か。そんなものをちらつかされたら、一般の兵士は追い出すにも追い出せないだろうな。

アンジェリカはパトリシアを一瞥すると口を開く。

「丁度良かったわ。貴方、この国の王女なんでしょう？　こいつらに、今すぐ私たちを通すように命じなさい！　同盟を組むのに相応しい相手かどうか視察してあげる。特使として当然の仕事だわ」

「姫！　なりませぬ。ご自重《じちょう》なさいませ！　パトリシア王女に、そのような仰りよう」

剣聖ロファーシルがアンジェリカをいさめるが、当の本人は聞く耳を持たない様子で俺たちを睨んでいる。

ロファーシルからは宮仕《みやづか》えの悲哀《ひあい》を感じるが、王女同士は完全に一触即発だ。

なるほどな、アルーティア騎士団の戦力の把握か。

確かに、特使としては当然の仕事かもしれないが、問題はその態度だ。

今のセリフを聞いて『はいそうですか、どうぞご覧ください』とはならないだろう。

パトリシアはアンジェリカに言い放った。

「断る！　そなたのような無礼な女を、私は特使とは認めておらぬ！」

「な、何ですって！　この私を誰だと思ってるの!?」

これじゃあ言い争いになるだけで話が進まない。

俺は二人の間に割って入ると、アンジェリカに言った。

「おい、いい加減にしろよ。どうしても視察したいなら、明日の試合が終わってからでいいだろうが」

「お黙りなさい、明日私の下僕になる分際で！　どうせ勝つのは私たちよ、何ならここで決着をつけてあげてもいいのよ？」

こいつの中では、俺が下僕になるのはもう確定事項のようだ。

その瞬間、アンジェリカの手にバチバチと雷のようなものが宿る。

どうやら『雷撃のアンジェリカ』という異名は伊達《だて》ではないらしい。

「姫、それはなりませぬ！　セレスリーナ女王がお決めになられたことを覆しては、かえって大事になるだけ。ここは何卒、このロファーシルにお任せください」

「何よロファーシル！　こいつらをどかせるいい方法でもあるの？」

「……はい、どうかお任せを」

険悪な空気の中で、剣聖と呼ばれる男は俺を見つめながら言った。

「光の勇者殿。一つ賭けをなさらぬか？」

「賭けだと？」

ロファーシルは頷く。

「そうだ、これから私と軽く手合わせをせぬか？　女王陛下の御前で戦う前に、少しばかり互いの腕を知っておくのも悪くはなかろう」

「手合わせっていってもな。ここでチャンバラでもやらかそうってのか？」

俺の問いにロファーシルは首を横に振る。

「そうではない。アルーティアの飛竜騎士団の勇名はエルフェンシアにも届いている。そこでだ。そちらが得意な飛竜に乗っての競い合いなど、面白そうではないか」

アルーティア側の騎士たちが一斉に声を上げる。

「何！　我らに飛竜での戦いを挑むと言うか!?」

「いくら剣聖と呼ばれるロファーシル殿とて、無謀にも程がある！」

おいちょっと待て。勝負するのは俺だぞ！

俺は内心焦るが、ロファーシルはアルーティアの騎士たちを眺めると静かに言った。

「無謀かどうかはやってみねば分かるまい？　その代わり、もし私が勝てば騎士団の視察をお許しいただきたい。無論、勇者殿が自信がないと仰るのなら無理は申さぬ。何でしたら、姫騎士の誉《ほま》れ高いパトリシア王女殿下が相手でも、こちらは一向に構いませぬぞ」

その言葉を聞いてアンジェリカが笑う。

「言っておくけど、ロファーシルは飛竜を乗りこなす腕も一流よ。恥をかくのが嫌なら断ることね」

くそ……せこいやり方だぜ。

こっちの得意分野での勝負となると、断れば恐れをなしたと思われる。

俺が考えあぐねていると、パトリシアが大きく一歩前に踏み出して宣言した。

「その勝負を受けよう、アルーティアの名誉にかけて決して負けはせぬ！」

「おい、パトリシア」

俺の言葉に、パトリシアが首を横に振った。止めるな、ということだろう。

エルフの一団の態度に、王女として怒り心頭に発したに違いない。

アンジェリカは論外としても、剣聖とやらも大概だ。

相手の土俵《どひょう》に土足で上がり込むような真似をするのは、やはり自分たちの方が格上だと思っている証拠だろう。

「ちっ、分かった。受けてやるぜ」

「感謝いたしますぞ、パトリシア王女殿下。そして光の勇者殿」

よく言うぜ、受けざるを得ない状況を作っておいてよ。

アンジェリカは俺とパトリシアを眺めると、いいことを思いついたとばかりに提案した。

「最初から光の勇者とやらに勝ったら面白くないわ。まずは、その身の程知らずな王女と戦ってあげなさいよ」

「何だと？」

再び睨み合うパトリシアとアンジェリカ。

「いいだろう、私が相手になる！　勇者殿が出るまでもない」

その言葉に、アンジェリカが眉を吊り上げる。

「いつまでその自信満々な顔でいられるかしら？　エルフェンシアの力を思い知らせてあげるわ！」

「そちらこそ、いつまでも笑っていられると思うなよ！」

二人の王女の間で火花が散る。

パトリシアは、飛竜騎士団の士官たちに命じた。

「聞いていたな？　これより飛竜での競い合いを行う！」

「「は！　パトリシア様!!」」

パトリシアの命を受けて、早速準備が進められた。俺たちは騎士団用の闘技場《とうぎじょう》の中に移動する。

そこには実際に戦う場所を取り囲むようにして、観客席がずらっと並んでいた。

まるで古代ローマの円形闘技場、コロッセオだ。

こりゃあ立派な施設だな。思わず俺は辺りをぐるっと見渡した。

俺たちが乗る飛竜は、これから兵士たちが連れてくるという。

公平を期すために、十頭用意しそこからそれぞれが希望の飛竜を選ぶことになるらしい。

パトリシアが、ロファーシルにルールを説明する。

「競い合いは、騎士団伝統の飛竜を使った模擬戦で行う。異論はないな？」

「構いませぬぞ王女殿下、ルールはそちらに従いましょう」

説明によると、競い合いの方法は特殊な武器と防具を使った模擬戦だ。

武器は槍、もしくはロングソードのいずれかを選択出来る。

間合いを考えれば槍か……いや、しかし懐に入れれば剣が強いだろうな。

一長一短ありそうだが、あの映画のファンである俺は断然ロングソードだ。

しかも今回使うのは騎士の紋章入りのロングソード。男のロマンである。

試しに剣を握って、お気に入りの決めゼリフを小さく呟いた。

「ふふ、アルギュウスよ、さあ参ろう。これが最後の戦いだ」

「おっちゃん、何言うてんねん。まだ始まってへんがな」

……ロマンが台無しである。

模擬戦用の防具には特殊な宝玉がつけられており、相手の武器が防具に少しでも触れると、強く輝く仕組みになっているらしい。

アルーティア側の防具には赤い宝玉、エルフェンシア側には青い宝玉が付けられた。

俺もずっと着ていたスーツを脱ぎ、この世界の服と防具を身に着ける。これで見た目もアルーティアの一員だな。

ロファーシルと俺が防具を着け終わったのを見て、パトリシアが皆に言う。

「ルールは簡単。相手の武器が触れ、防具の宝玉が輝いたらその者の負けだ」

なるほどな。確かにこれなら見ている側も分かりやすい。

上空で戦っていたとしても青い光が輝いたらアルーティアの勝ち、赤ならエルフェンシアの勝利とすぐ分かる。

だが、その前に……

俺は剣聖ロファーシルのステータスを確認する。戦う前に知っておくべきだろう。

こっちは飛竜に乗るのも初めてだからな。戦いの最中に覗き見ている余裕があるとは思えない。

【鑑定眼】が発動し、奴のステータスが表示される。

名前：ロファーシル・リファゼリス
種族：ハーフエルフ
職業：剣士　レベル735
力：22000
体力：28400
魔力：31000
速さ：21200
幸運：13700
魔法：なし
物理スキル：【剣技Sランク】【槍技Sランク】【弓技《きゅうぎ》Sランク】
特殊魔法：なし
特殊スキル：【心眼《しんがん》】
ユニークスキル：【魔力活性術】
称号：【剣聖】

……強《つ》ええ。

流石剣聖と呼ばれているだけあって、ステータスもあのロダードに迫る勢いだ。

だが、意外だな。エルフのくせに魔法は使えないのか。

いや、ちょっと待てよ。こいつエルフじゃなくてハーフエルフか?

見た目じゃ分からないもんだな。

いや今はそれよりも……

ステータス的には俺が勝っているが、勝敗の鍵《かぎ》を握るのはスキルだ。

ロダードの時にそれを思い知らされたからな。

中でも特殊スキルや、ユニークスキルってやつは注意した方が良さそうだ。

奴が持つのは【心眼】と【魔力活性術】。見るからに危険そうな技だな。

まずは【心眼】の詳細を確認するか。

『心眼:心の目で気配を察知することにより、相手の動きを先読みすることが可能。剣聖の称号を持つ者が使う特殊スキル』

説明は簡潔だが厄介なスキルだな。

つまりこいつを倒すには、先読みされても防げない程の攻撃を仕掛けるしかない。

しかしそんなことが簡単に出来る相手なら、そもそも剣聖などと呼ばれていないだろう。

そして、もう一つのユニークスキル【魔力活性術】を確認する。

『魔力活性術:己の中の魔力を燃焼させて、爆発的に身体能力を高める。力を全て使いつくすと自動的に解除される』

よりにもよって強化系のスキルか。元が強いだけに、この手の力は効力が大きいだろう。

魔法が使えないようだが、高い魔力はその分この技に生かされているってことか。

こうなるとステータスでのアドバンテージも、どこまで有効か疑問だな。

剣聖ロファーシルか、流石は自信満々なだけあるぜ。

パトリシアはまずは自分が戦うと言っていたが、その実力はどうなんだろうか？

リンダ曰く、飛竜に乗って戦うパトリシアは戦女神のようらしいが。

俺は、隣に立つパトリシアのステータスを確認する。

おい、これは……

思わず見入ってしまう程の数値が、そこには記されていた。

名前：パトリシア・リグナ・アルーティア
種族：獣人族
職業：獣戦士　レベル６７５
力：２３０００
体力：２５４００
魔力：５２００

速さ：23200
幸運：11700
魔法：なし
物理スキル：【剣技Sランク】【槍技Sランク】【弓技Aランク】【斧技《ふぎ》Aランク】
特殊魔法：なし
特殊スキル：【イリュージョンムーブ】【獣気纏身《じゅうきてんしん》】
ユニークスキル：【ブレイブハート】
称号：【アルーティアの姫騎士】

……まじか。普通に強いじゃねえかよ。

種族の特性なのか魔力は極端に低いが、それ以外はロファーシルに見劣りしない。

力や速さに至っては、レベルの差を覆《くつがえ》してパトリシアのほうが上だ。

こいつ、やっぱりただのくっころ姫騎士じゃなかったんだな。

「どうしたのだ勇者殿、私の顔に何かついているか？」

こちらの視線に気づいて、俺を見つめ返すパトリシア。

「いや、何でもない。ただ、何だかいけそうな気がしてきてな」

流石に内緒でお前のステータスをガン見してたとは言いにくい。

パトリシアは誇らしげに胸を張る。

「当然だ、私は勝つ！　飛竜に乗って戦うのだ、負けはせぬ」

「「「おお！　パトリシア様！」」」

パトリシアの意気込みに、盛り上がる騎士団の面々。その人気ぶりは凄まじい。

一方でアンジェリカは、少し離れた場所でそれを一瞥すると鼻で笑った。

「馬鹿な女ね、すぐに思い知るわ。実力の差って奴をね」

エルフの一団も、ロファーシルの勝利を確信しているといった雰囲気だ。

……どうやら、相手のステータスを見るような魔法はないみたいだな。

俺は相手の様子を見てそう思った。

確かにロファーシルは剣聖の名に相応しい男だが、もしもパトリシアのステータスが見られるなら、あそこまで余裕ではいられないだろう。

それとも、自分たちの勝利に確信を持てるような切り札があるのか……

それはともかく、問題はパトリシアのスキルだな。

特殊スキルの【イリュージョンムーブ】【獣気纏身】、そしてユニークスキルの【ブレイブハート】。

とりあえず順番に見ていくか。

『イリュージョンムーブ：華麗な動きとスピードで敵を幻惑《げんわく》する。獣人族の王家に伝わる技』

なるほどな、パトリシアにピッタリな技だ。美しく華麗に戦う姿が目に浮かぶ。

次は【獣気纏身】か。

『獣気纏身：獣人族が持つ強い闘気《とうき》、獣気を身に纏い己の力を高める。高い素質をもつ獣人族にのみ体得《たいとく》可能』

こいつは強化系の技だな。ロファーシルの【魔力活性術】に似ているが……

そうなると、問題はどっちのスキルの強化性能が高いかだな。

もしかすると、それが勝負を分けるかもしれない。

最後は【ブレイブハート】。一体どんなスキルなんだ。

『ブレイブハート：強い闘志によって呼び覚まされる極限の集中力で、相手の攻撃を見切り反撃を繰り出す。父親である【光の勇者】から受け継ぎし力』

なるほどカウンター系だな。強い闘志が……って、ん？

俺はそのスキルの内容の後半を二度見した。

いや正確に言うと三度見していた。

ふぁ？　どういうことだこれ⁉

父親である【光の勇者】から受け継ぎし力、って書いてあるんだが……

「な、なあパトリシア、この【光の勇者】ってのは何だ？」

我ながら馬鹿な質問をパトリシアにしてしまう。

ステータスを見ることが出来るのは、【鑑定眼】がある俺だけだ。

思わず口をついて出てしまったが、当然パトリシアは首を傾げる。

「何だ、とは？　光の勇者は勇者殿のことではないか。何を言っているのだ」

……ぐうの音《ね》も出ない回答である。

だがこんな娘を持った覚えはないぞ。

いや、待てよ！　もしかして……

「なあパトリシア、お前の父親ってメチャクチャ強いんだよな？」

「うむ！　居並ぶ獣人族の戦士たちを軽々と打ち倒して母上を手にしたのだ。私は父上を尊敬している！」

俺は咳ばらいをすると、再度尋ねた。

「一つ聞きたいんだが、お前の父親が現れる前に、何かこの国が滅亡しかねないような出来事ってなかったか？」

「どうしたのだ勇者殿？　なぜそんなに父上のことを気にするのだ」

彼女は不思議そうな様子だったが、思い出したように話し始めた。

「ふむ、私がまだ生まれる前の話だからよくは知らないが、そういえば当時、魔王を名乗る男が現れて我がアルーティアにも危機が迫っていたらしい。だがその魔王は、我が国にたどり着く前に正体不明の何者かと戦って倒されたと聞く」

何者かって……おい！　そいつが本物の光の勇者じゃねえのか⁉

ていうかステータスの説明が正しければ、間違いなくこいつの父ちゃんだ。

大体そいつもそいつだ、名乗れよ！

『俺が光の勇者です、魔王倒してきました』ってな！

何でさらっと武闘会に参加して、可愛い嫁さん貰って子供まで作ってやがるんだ。

そもそも、今どこをほっつき歩いてるんだよ。

嫁さんと娘の国の一大事にも姿を現さないとは、いい加減な野郎だ。

「どうしたのだ、勇者殿？　そうだ！　父上が帰ってきたら勇者殿との一騎打ちが見たい、さぞや素晴らしい戦いになるだろう！」

「ああ、帰ってきたらぶちのめしてやるぜ」

俺の言葉にパトリシアはまた首を傾げた。

「勇者殿？」

……また頭が痛くなってきた。

ステータスのことを話してみたところで、信じてもらえないだろう。

それにそいつの力がどの程度か知らないが、今この場にいなければ結局状況は何も変わらない。

くそが……ぶちのめしてやるかどうかは別として、帰って来たら一言文句を言ってやらねえと気がすまねえ。

お前のせいで散々苦労してるってな。

だが待てよ？

もしも、ロダードがあの特殊魔法【拘束《バインド》】を使えなければ、パトリシアは結構いい勝負をしたんじゃないか？

実際、魔法なしの勝負なら、俺もステータスの数値の高さを生かして優位に立っていた。

奴のユニークスキルである超絶魔法【絶望の光】はどうにもならなかったにしろ、魔法以外の部分であればそれ程パトリシアがロダードに劣っているとは思えない。何しろ勇者の娘だからな。

俺は余裕の表情のロファーシルを眺めて笑みを浮かべた。

「こりゃあ試合が見ものだぜ。いつまであんな澄ました顔をしてられるかな」

あの余裕ぶりを見ると、やはり何か切り札を持っているのかもしれないが、パトリシアが勝つ可能性だって十分にありそうだ。

その時、闘技場の正面部分にある大きな扉が開いて兵士たちが入ってくる。

彼らが連れてきた生き物を見て俺は思わず声を上げた。

「凄え……これが飛竜か！」

円形闘技場の中に、続々と連れてこられる飛竜の群れ。

人が乗るための飛竜なだけに小型ではあるが、いかにもドラゴンといった感じのその風貌は、ファンタジー好きにはたまらない。

その姿はバーチャルモードの映画に出てきた飛竜によく似ている。

『当然です。バーチャルモードでは出来る限りリアルさを追求するのが、私のモットーですから』

少し自慢げな声が頭に響く。こいつなりのこだわりがあるらしい。

それにしても、こいつらに乗って大空を駆け巡ったら気持ちいいだろうなぁ。

飛竜はきちんと躾が行き届いているようで、鎖も首輪もないのに大人しく兵士たちの指示に従っている。

「へえ、よく飼いならしてあるな。大したもんだ！」

興奮気味にそう口にした俺に、パトリシアは胸を張る。

「うむ！　勇者殿。騎士団の飛竜は兵士たち同様、厳しい訓練に耐え抜いてきた者たち。我らにとっては同志《どうし》だ！」

そう言うとパトリシアは俺の手を引いて、群れの先頭にいる白く美しい飛竜のもとに歩いていく。

飛竜を褒められたのが余程嬉しかったのだろう。

大きくその尻尾を振り、俺と共に飛竜に触れられる程の位置に立つ。

「お、おい……大丈夫か？」

離れて見ている時は平気だったんだが、流石にこの距離だと腰が引ける。

だがそんな俺の緊張とは裏腹に、白い飛竜は嬉しそうにパトリシアに顔を寄せた。

「クルゥルウウウ」

喉を鳴らす白い飛竜。パトリシアはその頬を撫でて話しかける。

「クレア、頼むぞ。アルーティアの名誉がかかっている」

「へえ、もしかしてこいつはお前の飛竜なのか？　可愛いもんだな」

「うむ！　クレアは私の相棒《あいぼう》だ。心から信頼出来る相手だ！」

クレアって名前からすると、雌《めす》の飛竜なのだろうか。

確かに、美しく優美な飛竜である。パトリシアが乗れば映《は》えるだろう。

こちらの様子を見て、アンジェリカが意地悪な笑みを浮かべる。

「へえ、そいつが貴方の飛竜ってわけね。強そうだし、何ならそいつをロファーシルに使わせようかしら。ふふ、でもやっぱりそれは怖いわね」

「怖い？　どういう意味だ」

アンジェリカを睨むパトリシア。

「当たり前でしょう？　戦いのさなかに、貴方がその飛竜に命じてこちらが不利になるようにされたら困るもの」

「馬鹿な！　私は騎士だ、そのような卑劣《ひれつ》な真似をするものか!!」

「どうかしら？」

当のパトリシアはもちろん、周囲の騎士たちも色めき立つ。

俺はパトリシアの肩に手を置いて囁く。

「おい、挑発に乗るな。戦う前に冷静さを失ったら、勝てるものも勝てないぜ」

「だが、勇者殿！　騎士に対してこれ以上の侮辱はない!!」

怒りに震えるパトリシア。俺は騎士というわけではないが、その気持ちはよく分かった。

アンジェリカのことは相手にせず、ロファーシルに歩み寄る。

「あんたらがどう思ってるか知らないが、俺が保証してやる。パトリシアはそんなことをする奴じゃねえ。それでもごちゃごちゃ言いやがるなら、飛竜なしでここで決着をつけてやるぜ」

正直、俺も堪忍袋《かんにんぶくろ》の緒《お》が切れそうだ。今の言い草は度を越えてやがる。

一緒に飯を食った奴を悪《あ》しざまに言われるのは、腹に据えかねるぜ。

あんなに嬉しそうにとんかつ定食を食っていたのを見れば、こいつがどんな奴かは俺には分かる。

くっころだが、断じて卑怯《ひきょう》な真似をするような奴ではない。

パトリシアとリンダが俺に駆け寄る。

「勇者殿!!」

「おっちゃん、時々格好ええんやもん！　惚れてまうやろ」

時々は余分である。

この場でケリをつけるという俺の言葉で、エルフの一団に緊張が走った。

ロファーシルがそれを右手で制する。

「アンジェリカ様は万が一を心配されただけのこと。非礼はお許しいただきたい。そもそも、それはパトリシア王女殿下の飛竜。それを奪って勝っても興《きょう》ざめというもの。私はこちらの飛竜にいたしましょう」
剣聖の言葉にアンジェリカはツンとそっぽを向いた。謝る気はないらしい。
ちなみに、ロファーシルが選んだのは青い飛竜だ。
通常の飛竜はモスグリーンなのだが、こいつやパトリシアの飛竜は色が違う。
リンダが言うには、産地や個体によっては色が違うものもいるらしい。
特に高い素質を持った飛竜に多いそうだ。
確かに……パトリシア専用のクレアと比べても見劣りしないな。
パトシリアは、ロファーシルの選択に頷く。
「その飛竜の名はゲイル。クレアに引けを取らぬ飛竜だ」
ロファーシルは飛竜の名を呼びその頬を撫でる。手慣れたものだ。
自分から勝負を挑むだけあって、やはり飛竜の扱いには自信があるように見える。
剣聖と呼ばれる男は、俺を振り返ると言った。
「後は光の勇者殿のみ。さて、どの飛竜を選ばれますかな？」
男の挑発的な眼差しに、俺は残りの飛竜を見渡した。
ここに連れてこられたのは、厳選された飛竜なのだろう。
どれも立派には見えるのだが、やはりあの二頭が群を抜いている。
まあ仕方がない、パトリシアが専用の飛竜で戦えることだけでもよしとしよう。

だが、残った飛竜では不安があるのも事実。

俺はふとあることに気が付いて、パトリシアに尋ねる。

「なあパトリシア、確かさっき騎士たちが、特別な飛竜がいるって言ってたよな。まだ誰にも乗りこなせてないって奴が。そいつはこの中にいるのか？」

そんな飛竜を選ぶのはリスクがあるかもしれないが、他の二人のパートナーを考えれば少しでも良い相手にすべきだろう。

俺が戦うことになるってのはつまり、パトリシアが負けた時ってことだからな。

普通の飛竜で戦って勝ち目があるとは思えない。

俺の問いに、パトリシアは首を傾げる。

「ふむ、そういえば見当たらないな。どうしたのだ？」

パトリシアは、飛竜を連れてきた兵士の一人にそう声をかけた。

その兵士は敬礼をすると、言いにくそうにパトリシアに答える。

「それが、姫様。いつものあれでして」

そう言って、その兵士はクレアを見上げる。

俺も、ついつられてクレアを眺めながら兵士に尋ねた。

「いつものあれ？」

「は、はあ勇者様。何と申し上げてよいのか……」

パトリシアは呆れたように溜め息をついた。

「あいつめ、またクレアにフラれて落ち込んでいるのか？　一体これで何度目だ」

「ここにやってきてから、もう十度目かと。一応連れてくるようには伝えてあるのですが、すっかり不貞腐《ふてくさ》れていて中々言うことを聞かぬのです」

「フラれたって、パトリシアの飛竜にそいつが、ってことか？」

おいおい、どんな飛竜だよ。フラれて不貞腐れてるって……完全に駄目なタイプじゃねえかよ。

凛々しく並んだ他の飛竜たちとは大違いである。

その時、闘技場の扉が再度開かれた。兵士がそれを見て俺たちに言う。

「姫様、勇者様、どうやら参ったようです」

噂をすれば影である。

俺たちがいる闘技場の中に、一頭の飛竜が兵士たちに連れられて入ってくる。

「おお、真紅の飛竜か……」

「これは見事だ」

エルフの一団から感嘆の声が上がった。

その言葉通り、扉の向こうから現れたのは鮮やかな赤い飛竜だ。

どうやら、こいつが噂の飛竜らしい。

他の飛竜に比べて少し目つきが悪い……いや、野性《やせい》味を帯びている。

精悍《せいかん》なその姿は、クレアやゲイルにも引けを取らないと一目で分かった。

いや、体つきを見るとそれ以上かもしれない。

だが問題はその態度だ。いかにも渋々といった様子でこちらに向かって歩いてくる。

クレアがそれを見て憤《いきどお》ったように声を上げた。

「クルゥウウウ‼」

主《あるじ》であるパトリシアに似て、クレアはいかにも誇り高そうな飛竜だからな。

どうやら、そいつの態度が許せないらしい。

その声を聞いて真紅の飛竜は慌ててこちらにやってくると、クレアの横でビシッと整列してみせた。

そしてクレアをチラ見すると、格好をつけるように大きく胸を張る。

こいつ……絶対あかん奴だ。

先程口々に賛辞《さんじ》を並べていたエルフの一団も、すっかりジト目になっている。

アンジェリカが腹を抱えて笑う。

「あははは！　おっかしい！　何こいつ？」

そして高笑いしながら俺に言った。

「良かったじゃない、光の勇者！　最後にあんたにピッタリの飛竜が残ってて」

「お、おい！　勝手に決めるな。まだ選んだわけじゃないぞ！」

真紅の飛竜は、さも選ばれたかのようにクレアの隣に居座《いすわ》っているが、まだ俺が選んだわけではない。

兵士たちは他の飛竜と同じ場所まで下がれと命じるが、我関せずといった顔である。

パトリシアの話では、こいつはつい最近まで野生の飛竜だったそうだ。

「稀《まれ》に見る程の立派な飛竜だったので、騎士団の飛竜とするべく捕獲《ほかく》を考えたのだが……」

「寧ろ、積極的について参りまして」

こいつを連れてきた兵士がそう言った。

どうやらクレアに一目惚れしてついてきたらしい。

パトリシアはた溜め息をつくと――

「アッシュときたら、クレアがおらねばやる気を出さぬし、クレアがいれば張り切りすぎて乗り手がついてゆけぬ。それでまだ騎乗《きじょう》する者が決まっておらぬのだ」

「アッシュねえ……」

俺は残念な飛竜を見上げる。

「しかもこいつは、人一倍よく食べる。今更追い出すわけにもいかぬし、皆困っているのだ」

騎士たちは、期待に満ちた眼差しを俺に向けた。

「ですが、勇者殿なら！」

「確かに！　勇者殿ならきっと」

だから、そのキラッキラした目で見るのはやめろ。

「せめて、食べた分だけでも働いてもらわねば！」

アッシュを連れてきた兵士の本音に、皆大きく頷いた。

おい、お前ら！　厄介者を俺に押し付けようとしてるだろ。

俺はもう一度アッシュを見上げる。

確かに、こいつを乗りこなせれば大きい。他の飛竜で戦うのとは雲泥《うんでい》の差だろう。

でもなぁ、いくら身体能力が上がっているからといっても、俺は初心者だぞ？

飛竜に乗った経験といえば、例のバーチャルモードでの体験だけだ。

気持ちこそ超一流の竜騎士になりきっていたが、ロファーシルはそれがおいそれと通じる相手じゃないだろう。

その時、いつもの声が頭の中で響いた。

『あの～、私にちょっといい考えがあるんですけど』

（いい考え？　聞かせてみろよ）

頭の中でそう尋ねると、自慢げに話し始める。

俺は黙って、そのまま暫くこいつの説明を聞く――

『……というわけです』

（お前それ、マジで言ってるの？）

『ええ、マジです。名案だと思いますけど』

簡単に言いやがって、やるのはこっちだぞ。

パトリシアとリンダが、黙ったままの俺を不思議そうに見上げている。

「どうしたのだ？　勇者殿」

「おっちゃん、どないしたんや」

「いや、何でもない……こっちの話だ」

アンジェリカが相変わらず偉そうに、腰に手を当てて俺を眺めている。

「どうしたのよ、光の勇者？　まさか今更怖気《おじけ》づいたんじゃないわよね。さっさと飛竜を選びなさいよ」

「ちっ、分かってるよ！　少し待ってろ」

俺はアッシュを見上げた。

先程からクレアをチラチラと見ている。

あの兵士の話ではフラれたばかりらしいが、その図太《ずぶと》さは大したもんだ。

奴がこちらを見下ろし、俺と目が合った。

「グゥウオオオン!!」

アッシュは意気込んだような顔で、大きく一声鳴いた。

こいつにしたら、何とかクレアにいいところを見せたいってわけか。動機はどうあれ、やる気は人一倍ありそうだな。

アンジェリカが、アッシュの鳴き声を聞いてフンと馬鹿にしたように言う。

「全く、躾がなってない飛竜ね。こんなのがいるなんて、アルーティアの飛竜騎士団もたかが知れてるわ」

「くっ！」

パトリシアと騎士たちは言い返せずに歯噛みする。

俺はアッシュに歩み寄ると言った。

「いいぜ、こいつで戦ってやるよ。たかが知れてるかどうかは、勝ってから言うんだな。負けた時に赤っ恥かくことになるぜ」

「……言ったわね。その言葉、忘れないことね！」

頑固な生意気ぶりだ。このまな板プリンセスめ。

ここまで来たらこいつをしもべにして、こんな面倒な奴を送り込んできた偉大なるエルフの王とやらに、一泡吹かせてやる。

(おいナビ子、俺からも一つ提案がある)

『あのぉ、ナビ子って私のことですか？』

他に誰がいるって言うんだ。

【鑑定眼】の付属機能のようなものなのだろうが、名前を付けるのも面倒なので、ナビゲーター役のナビ子にしておこう。
分かりやすいからな。
『ちょっとダサいですけど、まあいいでしょう。それで提案っていうのは？』
(さっきのお前の話だけどな、こうしたらどうだ……)
ナビ子に俺の考えを話す。
『……カズヤさん、貴方それマジで言ってます？』
(ああ、マジだぜ)
『分かりました。でもどうなっても知りませんよ？』
(こいつらに負けるよりは、よっぽどましだぜ)
俺はエルフの一団を睨みながら、パトリシアに言った。
「さてと、乗る飛竜も決まったんだ。そろそろ始めようぜ、パトリシア」
「うむ！　勇者殿……」
口ではそう言いながらも、パトリシアは少し不安げに俺を見る。
アッシュに俺が乗れるかどうか心配なのだろう。尻尾が少し元気なく垂れている。
ったく、分かりやすいなこいつは。
俺はパトリシアの頭を撫でると肩をすくめた。
「心配するな、俺は光の勇者なんだろ？」

「うむ！　そうだな、勇者殿は我らの光の勇者だ！」

パトリシアは嬉しそうに笑って大きく尻尾を振った。

本当はお前の父ちゃんが光の勇者なんだけどな。

まあ、今はそれを言っても始まらないか。

武器は剣聖がロングソードを、パトリシアは槍を選ぶ。

「それでは競い合いを始める！　剣聖殿、そちらの準備は良いか？」

そう言って槍を手にクレアに騎乗するパトリシア。

一方で、鮮やかにゲイルの背に乗るロファーシル。

「いつでも構いませぬぞ、パトリシア王女」

俺はアルーティア騎士団の紋章が入ったロングソードを手に取ると、ナビ子に言った。

(さて、こっちも始めるぜ、ナビ子！)

6、槍と剣

カズヤがナビ子に開始を告げてから間もなく、パトリシアとロファーシルの戦いも始まろうとしていた。

巨大な円形闘技場の中央で対峙する二頭の飛竜。

その背にはそれぞれ、パトリシアと剣聖ロファーシルが騎乗している。

リンダはゲイルに騎乗するロファーシルを睨みながら、カズヤに言った。

「なんや、あんなキザな奴、大したことないで！　きっと格好だけや。なあ、おっちゃん！」

リンダのその言葉に、騎士たちも一斉にカズヤの方を見る。

剣聖の華麗な騎乗に騒ぐ騎士たちとは対照的に、カズヤは闘技場の壁に背を預けてクールに立っていた。

その傍《かたわ》らには、ロングソードが立てかけられている。

まるで剣聖の飛竜の腕など見るまでもない、とでも言うかのように閉じられたその瞳。

それを見て、騎士たちは声を上げた。

「おお！　流石は我らが勇者殿!!」

「ああ、騒ぎ立てていた我らが恥ずかしい」

リンダは黙って立っているカズヤの顔を下から覗き込んで、疑わしそうな眼差しを向ける。

「ほんまかぁ？　まさか寝とるんちゃうやろな」

騎士たちは力強く首を横に振った。

「侍女殿、そんなはずがあるまい！」

「戦いを前に、己の精神を研《と》ぎ澄ましておられるのだろう」

カズヤの飛竜を預かっている兵士も、大きく頷いた。

「勇者殿は仰っていました。アッシュをいつでも出られるように準備させておけと」

その言葉通り、カズヤの傍にはアッシュの姿がある。

「なんという頼もしきお言葉！」

「それだけではない！　戦いを前にして、この明鏡止水《めいきょうしすい》とも呼ぶべき表情！」

「まさに不動の心！　これぞ真《しん》の戦士！　真の武人！」

「侍女殿！　勇者殿の邪魔をしてはなりませぬぞ」

リンダはカズヤの顔を覗き込んだまま、首を捻った。

（ほんまかいな？　なんや眉間にしわ寄せて、小声でブツブツ言うとるで）

そんな中、パトリシアはロファーシルを見据えると口を開いた。

「準備は良いな、剣聖殿！」

「いつでも参られよ、パトリシア王女殿下」

それぞれ、槍と剣を構える二人。

同時に二頭の竜が、大きく翼を羽ばたかせて空へと舞い上がる。

クレアに騎乗するパトリシアが、淡い光に覆われた。

それを見たアルーティアの騎士たちが歓声を上げる。

「おお、あれは姫の【獣気纏身】！　一気にお決めになるおつもりか!!」

一方で、ロファーシルの体も青い光に包まれていく。

アンジェリカはそれを見て笑みを浮かべた。

「あんな女相手に【魔力活性術】を使うなんて。ロファーシルも容赦ないわね」

空中で対峙する二人の間に、緊張感が漂っていく。

二人につられ、固唾《かたず》を呑んで見守る観衆。

その時、張りつめた空気を切り裂くようにパトリシアが動いた。

「はぁあああああ!!」

気合の叫びと共に、ロファーシルに襲い掛かる。

その動きはまさに電光石火《でんこうせっか》!

白い飛竜の背に乗った姫騎士は、一気に敵に向かっていくと手にした槍を振るう。

その穂先《ほさき》が霞《かす》むような速さだ。何という見事な槍技だろうか!

稲妻《いなずま》のような乱《みだ》れ突きがロファーシルを襲う。

ギィイイイン!!

飛び散る火花。凄まじい衝撃音が鳴り響く。

パトリシアの鮮やかな槍技を、辛うじて受け流すロファーシル。

だが、その姿は防戦一方だ。

華麗で相手を幻惑するような素早い動きは、パトリシアの【イリュージョンムーブ】の力である。

凄まじい連続攻撃を受け、ロファーシルの周りには無数の火花が飛んでいた。

「流石姫様、圧倒的やで！　こりゃ、おっちゃんの出番はあらへんわ!!」

リンダは尻尾をピンと立て、自らの主の勝利を確信し歓喜の声を上げた。

一方でアンジェリカは爪を噛むと叫ぶ。

「何してるのよロファーシル！　さっさとやっちゃいなさいよ！」

エルフの一団にも動揺が走る。

だが、実際に戦っているパトリシアは違和感を覚えていた。

一撃も返さず、凄まじい乱れ突きを易々《やすやす》と受け流すだけの剣聖は不気味そのものだ。

冷静な剣聖の眼差しを見て、パトリシアは気付く。

(そういうことか。我らアルーティアの飛竜騎士団の力を知るために、敢《あ》えて全ての攻撃を受けているのだな)

確かに騎士団の力を測《はか》りたいなら、団長であるパトリシアは格好の相手だろう。

パトリシアが気付いたことを察し、ロファーシルはゲイルに騎乗しながら不敵《ふてき》な笑みを浮かべる。

「お許しいただきたい。アルーティアとの同盟に価値があるのか、それを調べるのが我が任務ゆえ」

「全て受けきれるとでも思っているのか？　舐《な》められたものだな！」

羽ばたく白い飛竜。パトリシアは、気合もろともクレアと共に一気に上昇する。

ロファーシルは敢えて動かない。

どのような技がきても、受けきることが出来るという自信の表れだろう。

「だが、これならば！」

凛々しい姫騎士は、クレアの上で槍を構える。

クレアは天高く上昇した後、百八十度反転して真下にいるロファーシルに向かって突進した。

「行くぞ！　クレア!!」

「クルゥウウウウ!!」

上空から、重力という味方を得て加速するその姿。まるで白く巨大な弾丸である。

空気を切り裂いて、一気に敵に向かっていく。

それを迎え撃つように、ゲイルを上昇させるロファーシル。

まさに、一瞬の勝負。

二頭の飛竜がすれ違ったその瞬間、二人は斬り結んだ。

パトリシアの動きを読んでいたかのごとき剣聖の一撃が放たれる。

その刹那《せつな》――

パトリシアは、凄まじいカウンターを繰り出した。父親譲りの力、【ブレイブハート】である。

その技の冴えは剣聖の心眼さえも凌駕《りょうが》したのか、それとも……

すれ違い、飛び去った二頭の飛竜は、闘技場の左右の端で止まり羽ばたいている。

勝者はいったいどちらなのか？　固唾を呑んで見守る、獣人とエルフたち。

パトリシアの頬に一筋赤い線が浅く走る。

それが、剣聖によってつけられた傷だと分かると、リンダが悲痛な声を上げた。

「姫様!!」

だが次の瞬間——

ゲイルの翼の傍を黒い眼帯がひらりと落ちていった。ロファーシルのものだ。

交差した時にパトリシアの槍が、眼帯の紐《ひも》を切り裂いていたのだろう。

剣聖は静かに口を開いた。

「アルーティアの姫君、まさか貴方様がここまでお強いとは。光の勇者殿は、これ以上の腕と思っていいのですかな？」

何という攻防だろうか。まさに互角《ごかく》と言っていい戦いぶりに、闘技場が沸き返る。

パトリシアは、クレアと共にロファーシルに向き直ると自信をもって頷いた。

「無論だ、私など勇者殿の足元にも及ばない！」

「ほう、それは楽しみですな。この左目を使うことが出来る相手に、二人も巡り会えるとは」

アンジェリカは、風に流されて自分の足元にヒラヒラと落ちてきた革の眼帯を眺めながら笑った。

「馬鹿な女。自分でロファーシルの力を開放してしまうなんて。こんなところで使わせるつもりはなかったけど、これでもう勝負になんてならないわね」

今まで眼帯で隠されていたロファーシルの左目はあらわになっている。

「その目は……」

パトリシアは思わず呟いた。

右目は鮮やかなサファイアブルーだが、左目はアンバーに近いゴールド。

左右の目の色が違う、いわゆるオッドアイである。

ロファーシルは、不敵な笑みを浮かべながら答える。

「勇者殿はいざ知らず、王女殿下には左目の力を封じていても勝てると思っておりましたが……」

「力を封じていてもだと？　どういうことだ！」

疑問の声を上げた直後、パトリシアはその言葉の意味を肌で実感した。

(何だ！　この気配は……)

目の前にいる男は、先程の男であってそうではない。

男を包んでいる【魔力活性術】の光が強くなっていく。

そして、それは次第にゲイルの体も包んでいった。

「グゥルウウウウ!?」

一瞬動揺し、騎乗しているロファーシルを振り返るゲイル。

だが、その目は次第に自らの意思を失い、人形のような瞳に変わっていく。

パトリシアはそれを見て叫んだ。

「な！　一体何をした!?」

その叫びに、アンジェリカが代わりに答える。

「ロファーシルが、魔力でその飛竜を支配したのよ。左目を開放したロファーシルの魔力なら、下等な生物ぐらいは完全に下僕にすることが出来るわ」

それだけではない。

己だけではなく、下僕と化したゲイルの体をも魔力で活性化している様子が見てとれる。

アンジェリカは勝ち誇ったように言う。

「それに、両目を開いたロファーシルに貴方の攻撃なんて当たらないわよ」

エルフの王女の言葉に、パトリシアはギリッと奥歯を噛み締める。

そして怒りに声を震わせた。

「下僕だと！　飛竜は我らの友だ、下等な生き物などではない!!」

「言いたいことがあるのなら、ロファーシルに勝ってから言いなさいよ。あんたの友とやらと一緒にね！」

その言葉にクレアが一声鳴くと羽ばたいた。

「クルゥウウウウ!!」

彼女たちは凄まじいスピードで、ロファーシルへと向かっていく。

槍を構えるパトリシア。

「はぁあああああ‼」

先程と同じ、鮮やかな乱れ突き。

だが、その全てはロファーシルにかわされる。

パトリシアの攻撃は見切っているとでも言わんばかりに、剣さえ構えてはいない。

アルーティアの姫騎士は、思わず呆然とする。

「馬鹿な‼」

ロファーシルは鮮やかにゲイルを上昇させると、パトリシアを見おろす。

「それで終わりですかな？　では、次はこちらからいくとしよう」

一転、攻勢に出るロファーシル。

下僕と化したゲイルは、まるで彼の体の一部のように動いた。

ギィイイイン！

今までにない程の凄まじい打撃音が、辺りに響く。

「くっ‼」

ロファーシルの剣撃を辛うじて槍で受け止めたパトリシアの口から、うめき声が漏れた。

「姫様‼」

「姫‼」

「パトリシア様‼」

悲鳴を上げるリンダとアルーティアの騎士たち。

闘技場の上空で、クレアとパトリシアが体勢を大きく崩すのが見えたのだ。

【魔力活性術】で強化されたゲイルの体当《たいあ》たりと、同時に繰り出されたロファーシルの強力な一撃が彼女たちを弾き飛ばした。

敗北を拒絶するように強引に敵の剣を受け止めたパトリシアは、激しい衝撃に宙に放り出されていた。

リンダが絶叫する。

「あかん！　姫様ぁあああ‼」

その瞬間——

リンダは視界の隅で赤い影が動くのを捉えた。

その凄まじい速さ。まるで赤い稲妻だ。

通り過ぎざまに一瞬見えた、竜に乗る男の横顔と、逞《たくま》しい背中。

その手には一本のロングソードが握られている。

騎士たちは見た。

己がなりたいと願う理想の竜騎士の姿を。

それは騎乗する者と、それを乗せる竜が一体になった姿。

まさに人竜一体《じんりゅういったい》。そう呼ぶべき見事な騎乗だった。

赤い稲妻のごとき竜騎士は、宙に放り出された獣人の姫を腕に抱き留める。

その凛々しい顔に、パトリシアは思わず頬を染めた。

彼女を抱く男は、今までの彼でありながら、そうでないようにも見える。

「ゆ、勇者殿……」

カズヤはパトリシアを腕に抱きながら、ふぅと溜め息をつく。

「こちらの世界は『一か月』ぶりだぜ。ナビ子の野郎、起こすならもっと早く起こしやがれ」

7、スーパーバーチャルモード

『言ったじゃないですか、スーパーバーチャルモードを使うには外部からの刺激《しげき》を遮断《しゃだん》する必要があるって。代わりに私が外部の音声をモニターしてたから間に合ったんですよ。少しは感謝してください』

「まあ、そういうことにしておくか」

スーパーバーチャルモードか。

暫くは遠慮願いたいな、ありゃヤバすぎだぜ。

『ヤバかったのは私のせいじゃありませんよ。カズヤさんの言った通りにしたからじゃないですか』

「まあ、そう言うなって」

俺は久しぶりのこの世界の空気を大きく吸い込んだ。

パトリシアが、こちらを見つめながら不思議そうに首を傾げる。

「一か月ぶり？」

「ん？　ああ、まあこっちも色々あってな。気にすんな」

俺はそう言うと、ロファーシルを睨んだ。

「てめえ……少しばかりやりすぎじゃねえのか？」

「光の勇者殿が助けに来る姿が見えたのでな。そうでなければ、私が助けていただろう。パトリシア王女殿下にとっては屈辱《くつじょく》だろうがな」

奴の左目は黄金の光を帯びている。相変わらず偉そうな野郎だ。

両目が開いて、さらに拍車がかかってやがるぜ。

パトリシアが唇を噛み締めた。

「勇者殿……私は」

俺はパトリシアの頭をポンと撫でる。

「全部は見てなかったが、お前のことだ。全力で戦ったんだろう？」

俺が傍にいることに安心したのか、うっすらと涙を浮かべるパトリシア。

騎士として恥ずかしいと思ったのか、すぐにそれを腕で拭く。

「よくやったなパトリシア」

「うむ！」

余程悔しかったのだろう、拭いたはずの涙がまた零れ落ちていく。

……こいつの親父が帰ってきたら、ぶん殴ってやるぜ。

今何処にいるのかは知らないが、こいつはまだ十六歳だ。

元いた世界なら親に我がままを言ってる年頃だぞ。

槍を持って、あんな化け物じみた奴と戦ってること自体がどうかしてる。

俺はパトリシアを地上まで連れていくと、そこでアッシュから降ろす。

闘技場の隅から、猫耳娘が泣きべそをかきながら走ってきて、パトリシアに抱きついた。

「姫様、姫様ぁああ！」

「リンダ！」

リンダの頭を撫でるパトリシア。

クレアも傍に舞い降りて、パトリシアの頬に顔を寄せる。

ゲイルの一撃で、クレアも体に大きな擦り傷を負っていた。

「グゥウウウウオオオ!!」

それを見たアッシュの体から、怒気《どき》が湧き上がるのを俺は感じた。

その鋭い眼光は、上空で悠然と剣を構えるロファーシルを射抜いている。

一方で、奴は闘技場の上空から俺を見おろしていた。

ロファーシルと、奴が騎乗するゲイルは【魔力活性術】によって光を帯びたままだ。

「グゥウウオオ!!」

俺はアッシュを羽ばたかせると空を舞う。

アンジェリカがそれを見て、嘲笑うように声を上げた。

「馬鹿な男、まだやるつもりなの？　今のロファーシルに勝てるわけないじゃない。無様を曝《さら》すだけだわ」

俺はそのままアッシュを上昇させると、上空でこちらを見おろしていた男と対峙する。

ロファーシルは、静かにこちらを眺めている。

「先程の動き。どうやら、光の勇者殿なら少しは楽しませてくれそうだな」

俺は肩をすくめる。

そして、騎士団の紋章が入ったロングソードを構えた。

「御託《ごたく》はいい、始めようぜ」

俺の言葉に、ロファーシルの左目の輝きが増す。

その刹那――

奴の力に覆われたゲイルと、俺を乗せたアッシュが同時に大きく羽ばたいた。

騎士たちの叫ぶ声が、地上から聞こえてくる。

「何だ！　あれは!!」

「は、速い!!」

その言葉通り、弾丸のように突き進みすれ違うアッシュとゲイル。

俺とロファーシルは、凄まじいスピードで闘技場の中央で交差した。

互いに放ったロングソードの一閃が、銀色の光を放つ。

斬り結んだ後、再び闘技場の左右に分かれた剣聖と俺。

構えていた剣は、お互いに振り切られている。

エルフの一団から困惑《こんわく》の声が上がった。

「い、今の動きが見えたか？」

「いや、どうなったのだ？　この勝負……」

それを聞いたアンジェリカが笑う。

「馬鹿じゃないの？　貴方たち。ロファーシルが両目を開いて負けるわけないでしょ。あの男もいい様《ざま》ね、とんだ恥をかく羽目《はめ》になって」

アンジェリカの言葉を証明するかのように、切り取られた俺の前髪が一房《ひとふさ》、風に靡《なび》いて飛ばされていく。

それを見て、エルフの一団から歓声が上がった。

「おお、やはり！　ロファーシル殿が一枚上手《うわて》だ!!」

「流石、剣聖殿！」

アンジェリカが、勝ち誇ったようにパトリシアを一瞥した。

「当然よ、あんな男が勝てるはずがないじゃない。ロファーシルったら手加減なんてしちゃって、さっさと決めなさいよ！」

その時、言い終わったアンジェリカの顔がひきつった。

彼女の視線の先にあるのは、ロファーシルの姿。

その頬に一本の赤い筋が、走っているのが見えたからだろう。

それは、奴がパトリシアにつけた傷と同じ位置だ。

俺はロファーシルを眺めながら言った。

「今のが全力か？　ロファーシル。そっちこそ、少しは楽しませてくれるんだろうな？」

ゲイルに騎乗する剣聖の目に、殺気が宿っていく。

アンジェリカの叫び声が聞こえる。

「う、嘘よ！　そんなことあり得ないわ!!」

エルフの一団も動揺した様子だ。

「まさか……剣聖殿が！」

「おい、見たことがあるか？　開眼をした剣聖殿に傷をつけた者など」

「あるはずがないだろう！　あ、あれがアルーティアの光の勇者」

「強い……」

アルーティア側からは、まだ半べそをかいているリンダの声が聞こえる。

「凄いで！　流石おっちゃんや!!」

「うむ！　うむ！　勇者殿は世界一の男だ！」

パトリシアが嬉しそうに同意する。騎士たちからも大歓声が湧き起こった。

……ったく、世界一は言い過ぎだぜ、パトリシア。

声を聞いている間も俺は、静かに目の前の男を眺めていた。

男とゲイルを包む光が、さらに強まっていく。どうやらまだ本気ではなかったらしい。

俺の力を測っていたのだろう。強烈な魔力を帯びて、奴とゲイルの体は金色に輝き始めた。

黄金の左眼が俺を見つめている。

「この私の体に傷をつけたのだ。悪いが遊びはここまでとしよう。こちらも全力でいかせてもらうぞ」

勿体《もったい》ぶりやがって、いけ好かない野郎だ。

俺は剣聖と呼ばれる男を正面から見据えたまま、再び剣を構える。

「来いよ。言っとくが、本気じゃなかったのはお前だけじゃないぜ」

「ならば見せてもらおうか！」

ロファーシルがそう言い放った瞬間――

黄金の光を帯びたゲイルが、大きく羽ばたいた。

観衆から声が上がる。

「おお‼」

「何という速さ！　何という動き‼」

黄金の飛竜は凄まじいスピードで俺に向かってくる。

そして、眼前に迫り……突如として消えた。いや、正確に言うとさらに加速したのだ。

こちらに迫った時に見えた奴の目は、勝利を確信していた。

神技とも呼べる剣の一閃《いっせん》が俺を襲う。

勝負はついた、とロファーシルの口元に笑みが浮かんだその時――

「言っただろう？　本気じゃなかったのはお前だけじゃないってな」

俺のロングソードは、ロファーシルの剣を受け止めていた。

凄まじい衝撃音が闘技場の中に響き渡る。

ギィイイイイン‼

ぶつかり合う剣と剣。

磨《みが》き上げられたその刀身には、俺の赤く輝く瞳が映し出されていた。

ロファーシルはすぐに離れ、再び斬りかかってくる。俺も受けてばかりではない。アッシュと共に奴に突撃をかける。

幾度《いくど》も宙を舞い激突する俺たちの間に、無数の剣戟《けんげき》による火花が舞い散った。

アンジェリカと、エルフたちの声が闘技場に響く。

「そんな……何なのよ、あいつ。一体何なの!?」

「あり得ぬ、あの状態の剣聖殿の剣を全て見切るなど……」

「人の領域を超えている！」

リンダとパトリシアの声も聞こえてきた。

「凄いでおっちゃん、ほんま凄いわ！」

「うむ！　だが、勇者殿のあの真紅の瞳は一体……」

幾度も斬り結んだ後、激しい打撃音と共に、お互いに一度大きく距離を取る。

ロファーシルは静かに俺を眺めながら、口を開いた。

「信じられん……まさかこれ程とはな」

驚くのも無理はないだろう。

今の俺のステータスはこうなっている。

名前：カズヤ・サクラガワ
種族：人間

職業：無職　レベル999
力：32000
体力：38700
魔力：22000
速さ：35200
幸運：17300
魔法：なし
物理スキル：なし
特殊魔法：なし
特殊スキル：【鑑定眼】【全言語理解】【人竜一体】
ユニークスキル：【趣味】【竜騎士の瞳】【竜騎士の剣】
称号：【遊び人】【邪竜殺し】【バーチャル竜騎士を極めた男】

ナビ子が俺に言う。

『最初は〇・五倍速から始めて、徐々に再生スピードを上げていきましたからね。二倍速までが推奨だったんですけど、カズヤさんがどうせなら三倍速でいこうなんて言うから』

（三倍の速度っていうのは男のロマンだからな）

感覚を遮断して向こうの世界で一か月間、俺は修業をしていた。

訓練に使ったのは、バーチャルモードで見た映画『王国の勇者と白きドラゴン』の世界だ。

映画の世界は、こちらの世界と時間の流れを変えることが出来たのだ。それを有効活用して、漫画やアニメでおなじみの秘密の特訓てやつを実現したのである。

最初は、竜騎士の動きを叩きこむために戦闘場面をひたすら繰り返し再生。

そこから徐々にスピードを上げて、三倍速についていけるようになったのが半月後だ。

カンストして、飛びぬけた身体能力があってこその荒業《あらわざ》だな。

その後……

『スーパーバーチャルモードは、自由に動くことも出来ますからね。その代わりに、やられたら痛みを感じますけど』

簡単に言いやがるぜ、やったのは俺の方だからな。

死ぬかと思ったが、お陰で三つのスキルを手に入れた。

特殊スキルの【人竜一体】、そしてユニークスキルの【竜騎士の瞳】【竜騎士の剣】である。

それぞれの力はこうだ。

『人竜一体：飛竜と心を通じ合わせ戦うことが出来る。騎乗した本人と飛竜の力を飛躍的に高める』

『竜騎士の瞳：集中力を高めることで、驚異的な動体視力を発揮する』

『竜騎士の剣：竜騎士特有の剣技。竜騎士を極めた者にのみ使うことが可能』

ロファーシルの力に対抗出来るのは、この三つのスキルの賜物《たまもの》だろう。

何しろ文字通り、死ぬ気で頑張ったからな。

ナビ子が俺に言う。

『でもカズヤさん、修業の合間に時々ヒロインの王女様とイチャついてましたよね』

(黙れ……一か月も戦いばっかりやってられるか。おかしくなるわ！)

大体イチャついてなんかいないからな、別れを惜《お》しんで一緒に月を眺めたぐらいである。

ナビ子とのそんなやり取りのさなか、ロファーシルはこちらを見つめながら言った。

「あり得ぬ。今の私は飛竜とまさに一体、その私についてこられるなどと……」

「一体だと？　笑わせやがるぜ。お前はただ無理やり従わせているだけだ。てめえらのそういうところが気に入らねえ。俺は最高の竜騎士を知ってるぜ、そいつは飛竜を道具だなんて思っちゃねえ！」

心が通い合った友だと言って、最後の戦いに向かいやがるんだ。

剣聖だか何だか知らないが、男のロマンが分からない野郎に負けるのは御免だぜ。

俺はアッシュの首筋を撫でると、映画のラストシーンを思い出す。

「行くぜアッシュ、これが最後の一撃だ！」

「グゥオオオオン‼」

『カズヤさん、その言葉どこかで聞いたことがありますけど……』

うるせえよ！　多少アレンジしてるだろうが！

ロマンが分からない奴がここにもいやがった。

俺はナビ子の言葉をスルーすると、アッシュをロファーシルに向かって羽ばたかせた。

「ロファーシル。見せてやるぜ、本物の竜騎士ってやつをな！」

闘技場の上空で、ロファーシルもゲイルを羽ばたかせる。

ここにきて一際輝きを増す、奴の【魔力活性術】の力。黄金の左眼が俺を射抜いている。

右手に握られたロングソードの先まで、光を帯びているのが分かった。

「いいだろう、見せてもらおう！」

ロファーシルの姿に、エルフたちが一斉に声を上げる。

「あれは、もしや……」

「剣聖殿の最大の奥義《おうぎ》！」

「まさか、あの技まで使うというのか！」

アンジェリカの声が続いて聞こえた。

「ロファーシル！　構わないわ、そいつを倒しなさい!!」

嫌味なまでに澄ましていた剣聖の顔に、野性味が宿る。

奴の魔力が今までにない程に高まっていく。

そして、剣を構えるとそれを一閃して吠えた。

「おぉおおお!!　魔力活性術奥義、光狼滅砕撃《こうろうめっさいげき》!!」

ロファーシルのロングソードから放たれた黄金の魔力が、巨大な狼となって俺を襲う。

その顎門《あぎと》が俺とアッシュに迫っていた。

パトリシアとリンダが叫ぶ!

「勇者殿!!」

「おっちゃん!」

だが、その時にはもう俺もロングソードを一閃していた。

闘気を込めて叫ぶ。

「うぉおおお!!　竜騎士剣奥義!　竜牙天翔《りゅうがてんしょう》!!」

剣から放たれた、アッシュとは別の赤い竜。

闘気が形を成したそれは、ロファーシルが作り出した黄金の狼と空中でぶつかり合った。

激しい衝撃波に、闘技場の壁が振動している。

騎士たちが叫ぶ。

「おお、あれは……」

「黄金の狼と真紅の竜、剣聖と勇者殿の闘気と魔力がぶつかり合っている!」

「何という戦いだ!　い、一体どちらが勝つというのだ!?」

激突し合う魔力と闘気の余波で、俺のロングソードは強く押し戻される。

だが、それはロファーシルも同じはずだ。

俺たちは同時に吠えた。

「おぉおおおおおお!!」

「うぉおおおおお!!」

手にした剣を振り切った者が、この戦いの勝者になる。

それは、俺もロファーシルも分かっていた。

「グォオオオオン!!」

アッシュが咆哮する。

そして、僅《わず》かに振り返ると精悍な眼差しで俺を見つめる。

その目は、『俺の力も使ってくれ』と訴えていた。

「ああ、アッシュ。そうだな、俺たちは相棒だ！　お前の力も貸してくれ!!」

俺は、剣を握る手に力を込めながら叫んだ。

再びアッシュも大きく咆哮する。

強烈な闘気が俺の剣に宿った。

「行けぇえええぇ！　これが竜騎士の力だ!!」

俺とロファーシルの間に生じていた力の均衡は、完全に崩れた。

一気に振り切られたのは、俺のロングソード。

俺たちの闘気は雄々しい赤い竜に形を変えて、黄金の狼を切り裂いていく。

そして、それはロファーシルに向けて一直線に突き進んでいった。

「馬鹿な!!」

目前に迫る真紅の闘気を見て、驚愕の声を上げるロファーシル。

右手に持った剣に、渾身《こんしん》の力を込めているのが分かる。

「ぬぅおおおおおおう!!」

再び湧き上がる奴の膨大な魔力。

奴の前に現れる黄金の魔力の奔流《ほんりゅう》に、俺たちの闘気で形を成した竜が激突する。これまでにない衝撃音が、闘技場の中に響き渡った。

「グルォオオオオン!!」

「うぉおおおお!!」

俺とアッシュは、雄《お》たけびを上げた。最後の盾となっていた奴の魔力の壁を、俺たちの闘気が突き破っていく。

「ぐぅおおおお!!」

真紅の竜に直撃され、剣を握ったまま叫び声を上げるロファーシル。

その体は、ゲイルに騎乗したまま大きくぐらついた。

奴とゲイルの鎧ともいえる【魔力活性術】の黄金の光が消えていく。

「おのれ！　まさか、この私の最大の奥義を!!」

ロファーシルは俺を睨む。

だが、もうその時には俺とアッシュはそこにはいなかった。

「なにぃいいいい!?」

「もらったぜ！　ロファーシル!!」

魔力と闘気の激突の余波を奴が喰らっている、まさにその時。

一瞬の隙をついて、俺たちは凄まじい速さで一度上昇し、上空から奴に向かって降下していた。

そのことにようやく気が付き、上を見る剣聖。

その刹那——

アッシュは俺を乗せたまま、赤い稲妻のようにゲイルの真横を通り過ぎていく。

同時に俺のロングソードが、ロファーシルの胴の防具を鮮やかに薙《な》いだ。

「ぐはっ!!」

胴への強烈な一撃に、奴はうめき声を上げる。

その瞬間、奴の防具に付けられた青い宝玉が強烈な光を放った。

青い光が戦いの終わりと、その勝敗を観衆たちに告げている。

「ばか……な」

剣を手にしたまま、ゲイルの背の上でうつ伏せに倒れるロファーシル。

上空からの痛烈な一撃に気を失ったのだろう。

青い飛竜はそのまま地上に舞い降りて行く。

俺はアッシュの背にまたがったまま、その姿を眺めていた。

「俺の勝ちだな、ロファーシル」

『カズヤさん、結構カッコ良かったですけど。さっきのセリフは「これが最後の一撃だ！」が正解でしたね』

……黙れナビ子。

あの場面で、そんなロマンのかけらもないセリフが言えるか。

俺は肩をすくめて長い息を吐く。

獣人たちの間から、大歓声が湧き上がる。

一方でエルフたちはロファーシルのもとに駆け寄った。

「馬鹿な……」

「剣聖殿が、最大の奥義を使っても敵わぬとは！」

「つ、強すぎる！」

「これが光の勇者、そしてアルーティアの竜騎士の力だとでもいうのか！」

アッシュに乗って地上に降り立った俺に、リンダとパトリシアが駆け寄ってくる。

「やったで！　やったぁああ!!」

「うむ！　勇者殿！　勇者殿ぉおおお!!」

俺の体にしっかりと抱きつく二人。

観客たちの大歓声が俺たちの勝利を祝っている。

俺は振り返るとアンジェリカたちに宣言した。

「これで、決着はついたな。俺たちの勝ちだ」

8、プラチナの魔力

静まり返るエルフの一団。俯く王女の手はブルブルと震えている。

怒り心頭といった様子だ。

「認めない……こんなの私は絶対に認めないわ!!」

そう言うと、ゲイルの背中に飛び乗って俺を睨むアンジェリカ。

一度は、ロファーシルの魔力から解放されたゲイルを、今度は強いプラチナの輝きが包んでいく。

アンジェリカの魔力だろう。

「グゥウウウオオンン!!」

その時、ゲイルが大きく咆哮して激しく羽ばたいた。

突然のことに驚き、必死に手綱《たづな》にしがみつくアンジェリカ。

「な！　何よ!!　この馬鹿竜！　私の言うことが聞けないの!?」

強引に支配しようとさらに魔力を高めるが、ゲイルは逆らって大空へと舞い上がった。

「い、いかん……私の魔力が抜けきらぬうちに、姫の強い魔力が……。飛竜が混乱しているのだ」

意識が戻ったロファーシルが、そう呟きながら必死に身を起こそうとしている。

別の飛竜に乗ってアンジェリカを追うつもりだろう。

ちっ、いけ好かない野郎だが、あの一撃を喰らった体で動こうなんて、根性だけは大したもんだ。

俺はゲイルの行方を見つめると、ロファーシルに言った。

「馬鹿野郎！　てめえは大人しく寝てやがれ！　行くぜ、アッシュ!!」

凄まじい勢いで飛び去っていくゲイルをアッシュと共に追う。

リンダやパトリシアの声が、遠く地上から聞こえてきた。

「おっちゃん！」

「勇者殿!!」

その声を後ろに聞きながら俺は、アンジェリカを追う。

「グルォオオオオン!!」

アッシュは弾丸のような勢いでゲイルに迫り、あっという間に横に並んだ。

ゲイルの手綱を握るアンジェリカの顔は、青ざめている。

「この！　この！　言うことを聞きなさいよ!!」

「おい！　魔力を込めるのをやめろ、そいつは混乱してるだけだ！」

横から注意するが、アンジェリカは俺たちが並んだことにも気付かない。

『駄目みたいですね。すっかりパニックになってカズヤさんの声が聞こえてません。飛竜に乗ることには慣れているようですけど、このままだといつ振り落とされるか分かりませんよ。後先考えずにこんな真似して、とんだじゃじゃ馬王女ですね』

まったくだ。

だが、そうも言ってられねえ状況だな。

生意気な王女だが、まだガキだ。放っておくわけにもいかないだろう。

「ちっ！　しょうがねえ」

『ちょっとカズヤさん、何をするつもりですか？　無茶ですよ』

俺の考えが伝わったのだろう、ナビ子は慌てた声を出す。

「舐めるなよ。こっちは伊達に何日も、三倍速で空を飛んじゃいねえよ！　行くぜアッシュ!!」

「グルォオオオン!!」

アッシュが大きく翼を広げると、一気に加速する。

暴れながら飛んでいるゲイルのすぐ上にアッシュがつけると、俺は冷静にタイミングを待った。

極限の集中力でゲイルの動きを見極める。

【竜騎士の瞳】の力だ。

「今だ、アッシュ!!」

その言葉と同時に、アッシュがクルリと背面《はいめん》飛行をした。

『カズヤさんの馬鹿ぁあ！　知りませんからぁああ!!』

ナビ子の悲鳴が響く中で、俺は宙に身を躍《おど》らせる。

そして風を切り裂きながら、ゲイルの背中に着地した。

アンジェリカを後ろから抱きかかえるような姿勢で、俺も手綱を握る。

ちっ……駄目だ。ゲイルの奴、完全に混乱しちまってる。

【人竜一体】を使って気持ちを通わすにしても、アンジェリカの魔力を消して一度冷静にさせないとどうにもならない。

「おい、アンジェリカ!!　魔力で支配をするのをやめろ！　余計に暴れるだけだ!!」

ようやく俺に気が付いたのだろう、真っ青な顔をしたアンジェリカが叫ぶ。

「黙りなさいよ！　あんたの助けなんていらない！　こんな下等生物、私が支配出来ないはずがない!!」

「いい加減にしろ！」

俺はアンジェリカにこちらを向かせると、その頬を叩いた。

ビクンと体が震え、大きく見開かれるその目。

「た、叩いたわね！　私にこんな真似してどうなるか分かってるの？　もうアルーティアは終わりよ‼　同盟なんて組んであげないんだから！」

「好きにしろよ」

アンジェリカは呆然とこちらを見る。

「え？」

俺はアンジェリカを抱きかかえながら言った。

「そんな奴等との同盟なんて価値がねえ。相手を無理やり従わせるのがエルフの流儀《りゅうぎ》だっていうなら、お前たちと帝国は一体どこが違うんだ？」

俺は真っすぐに見つめていた。

力で支配されることに苦しんでいるゲイルの姿を。

硬くなっていたアンジェリカの体から、少しだけ力が抜ける。

俺は、エルフの王女と一緒に手綱を握った。

「同盟ってのは、そりゃあ、お手て繋いでお友達っていうわけにはいかないだろうぜ。でもよ、はなから相手を信じる心がないのなら、命を預けて戦えやしねえ。そんな同盟ならこちらからお断りだぜ！」

飛竜と乗り手だって同じだ。命を預けられる相手だと信じてなければ、一緒に戦うなんて出来やしない。

いざという時に互いが信じられなければ危険が増すだけだ。

アンジェリカが呟く。

「何よ……なんなのよ貴方」

例の親書の文面からも分かる程の王の溺愛《できあい》ぶりだ。親にも叩かれたことがなかったのだろう。

誰もがこいつに従う世界で生きてきたに違いない。

この王女を特使にした奴もどうかしている。とても同盟を結ぶ気があるとは思えないぜ。

俺たちは暫くそのまま空を飛んでいた。

次第にアンジェリカの魔力が、弱まっていくのが分かる。

ゲイルも落ち着いたのか大きく羽ばたいて一声鳴いた。

「クルゥウウウウ!!」

いつの間にか、俺たちは天空の遥かかなたにいた。

隣ではアッシュが飛んでいる。

凄え……

そこには雄大な光景が広がっていた。どこまでも続く大地、美しい空。

「こいつらと一緒じゃなきゃ、こんな光景は見られやしねえ。上等だとか下等だとかそんなことは下らない話だぜ」

頬を少し赤く腫《は》らしたエルフの王女は、俺と一緒に手綱を握って前を向いている。

眼下に広がる光景の美しさに目を奪われ、息を呑んで見つめていた。

一瞬見せた無邪気な横顔は、年相応の子供のそれだ。

だがハッとすると唇を噛み締め、そっぽを向いて黙り込んでしまった。

どうやら、落ち着きはしたがすっかり嫌われたようである。

『当然です、プライドが高いエルフの王女の頬を叩いたんですから。これで同盟はなくなりましたね』

ナビ子の言葉に俺は溜め息をついた。

確かにこれでエルフとの同盟はなくなった。帝国と戦う手段は別の方法を考えるしかない。

一度空を大きく旋回《せんかい》した後、俺はゲイルに騎乗したままアッシュと共にアルーティアの闘技場へと戻った。

無事に地表に降りた俺たちをエルフの一団が迎える。

「かたじけない、勇者殿……」

アンジェリカの無事が分かると、俺の前に膝をつくロファーシルとエルフたち。

俺は肩をすくめると、エルフたちに言った。

「勝負はこちらの勝ちだ。アルーティアの騎士団の視察は遠慮してもらうぜ」

同盟を組まない以上、こちらの手の内を明かすことなど出来ないだろう。

俺はパトリシアに歩み寄ると詫びた。

「すまないパトリシア。アンジェリカを怒らせちまってな、エルフとの同盟はなくなっちまった。俺のせいだ」

パトリシアは俺の手をしっかりと握り、そして大きな目でこちらを見つめて首を横に振った。

「勇者殿のせいではない。勇者殿はこの国のために死力《しりょく》を尽くして戦ってくれた。私はそれを誇りに思う」

くっころだがこいつは大した王女だ。騎士たちから慕《した》われる理由がよく分かるぜ。

気ままに放浪《ほうろう》してやがる駄目親父に聞かせてやりたいもんだ。

何はともあれ、これでエルフの特使との一件は終わったと安堵したその時——

「待ちなさいよ！　まだ勝負はついていないわ」

アンジェリカがこちらを睨んでいる。

「……明日は絶対に勝つわ。貴方に私の力を思い知らせてあげる。勝負を受けるなら、同盟の話だって考え直してもいいわ。どう？　良い条件でしょう。それとも、私の下僕になるのが怖くて逃げ出すつもり？」

その態度を見て、パトリシアとリンダが俺の傍でアンジェリカを睨み返した。

「無礼な、勇者殿に助けてもらって礼の一つもないのか！」

「そうや、なんやその態度！」

アンジェリカはキッと二人を睨み返した後、俺をジッと見つめる。

俺は肩をすくめた。

「言っただろうが。下僕だなんて言ってる奴と同盟を組むつもりはないってな」

アンジェリカは爪を噛みながら暫く考え込む。

その後こちらを睨みながらツカツカと向かってくると、俺の前で立ち止まる。そして言った。

「分かったわ、光の勇者。貴方を下僕にするのはやめてあげる。その代わり……」

エルフの王女は言い難《にく》そうに言葉を切る。

その代わり何だって言うんだ？

「そ、その代わりこちらが勝ったら、私に仕えるナイトになりなさい！」

アンジェリカの言葉に静まり返る闘技場。

……は？　ナイトってどういうことだ？

俺が首を傾げていると、リンダがにやけながら俺の脇を肘でつついてきた。

そしてアンジェリカに言う。

「なんや、もしかしておっちゃんに惚れたんか？　そりゃあ命の恩人やもんな」

その瞬間！　闘技場の中央付近、俺たちの後ろから凄まじい音が響いた。

目の前ではアンジェリカが右手を天に掲げている。空には先程までなかった雷雲《らいうん》が生じていた。

そこにいる一同は思わず、衝撃音のした闘技場の中央を見つめる。

地面に穴が開き、その周辺は黒く焦げついていた。

何だこりゃあ……落雷どころの騒ぎじゃねえぞ。

幸い周囲には誰もいなかったが、あんなのを喰らったら黒焦げ間違いなしだろう。

雷を落とした張本人のアンジェリカは、真っ赤な顔でリンダに叫んだ。

「ば、ばっかじゃないの！　どうしてこの私が、こんなおっさんに惚れるのよ！　こいつが私たちのことを帝国と同じだなんて言うから、器《うつわ》の違いを見せつけてあげただけよ！」

側近《そっきん》のエルフたちが慌てて、アンジェリカを止める。

「ひ、姫！」

「光の勇者殿におっさんだなどと！」

「いけません！」

「ここは我慢して、せめてお兄さんと」

やめろ……その気遣《きづか》いが一番傷つくわ！

アンジェリカは再び俺を指さすと宣言する。

「明日は絶対に私とロファーシルが勝つわ！　そうしたら、貴方は私に仕えるのよ。腕だけはいいみたいだもの、帝国との戦いでこき使ってあげるわ！」

「おい……それって結局、下僕と変わらねえじゃねえかよ」

どう考えても、ナイトという名の下僕である。

さっきはがらにもなく説教をしてみたのだが、全く通じていないようだ。

「分かったら、首を洗って待ってることね！」

そう言って俺をひと睨みすると、踵《きびす》を返してさっさと歩き始めるアンジェリカ。

それを慌てて側近の一人が止める。

「姫！　出口は反対です」

「わ、分かってるわよそんなこと！　うるさいわね！」

まだ治療の途中らしきロファーシルは、他のエルフに肩を借りて後に続いた。

エルフの一団が闘技場から去っていくのを眺めながら、俺は肩をすくめた。

「なんだありゃあ？」

パトリシアとリンダは、相変わらずの様子でアンジェリカの後ろ姿を睨んでいる。

「全く無礼な女だ！　勇者殿はアルーティアの英雄、あの女のナイトになどなるはずもない」

「姫様の言う通りやで。どうせ、明日の勝負もおっちゃんの勝ちや！」

そうならいいけどな……

俺はデッカイ穴が開いた、闘技場の中央を眺める。

どうやら『雷撃のアンジェリカ』は想像以上の強敵のようだ。

とはいえ、同盟の話は明日の試合の後に持ち越したことだし、対策を練《ね》るのは後にしよう。今は
これ以上、あのワガママプリンセスのことを考えるのは御免だぜ。

なるようになるさ。

「まあとりあえずは、勝利を祝うとするか！」

俺の勝利宣言にアルーティアの一同は沸いた。

そして俺はこの戦いの功労者《こうろうしゃ》であるアッシュを振り返る。

すると……

「クルゥウウウ」

俺たちの傍で、アッシュの体に出来た擦り傷をクレアが優しく舐めていた。

ロファーシルとの戦いで負った傷である。

アッシュは照れたようにクレアの姿を見ていたが、誇らしそうに一声大きく鳴いた。

「グルォオオン!!」

俺はアッシュに歩み寄ると、その首を撫でながらウインクした。

「へへ、相棒、やったじゃねえか！」

アッシュは俺の体に頬を摺《す》り寄せると、嬉しそうに声を上げる。

クレアも顔を寄せてきた。どうやら、主であるパトリシアを守ったことへの礼がしたい様子だ。

俺は白く美しい飛竜の頭を撫でると、相棒を見ながら言った。

「クレア、アッシュはいい奴だぜ。仲良くしてやってくれ」

「クルゥウウウウ」

俺の言葉に返事をするように、一声鳴くクレア。
どうやらアッシュは、クレアにいいところを見せられたようだな。
二頭を見つめていると、ナビ子が意地悪く茶々《ちゃちゃ》を入れてきた。
『相棒に先を越されましたね。映画の中のお姫様なんかとイチャついてるからですよ』
……だから、あれはイチャついてたわけじゃない。
戦いの中の、ひと時の心のオアシスってやつだ。
気が付くとパトリシアが俺の傍に立っていた。
「アッシュも凄かったが、勇者殿も凄かった！　勇者殿はやはり世界一の男だ!!」
「はは、俺に気を遣ってくれるのはパトリシアぐらいだぜ」
そう言ってパトリシアの頭を撫でると、狼耳がピコピコと動く。
大きな尻尾をフリフリと動かす姿は、可愛らしいもんだ。
そういえば……
俺はふとあることを思い出して、闘技場の中に居並ぶ飛竜たちに目をやった。

9、飛び立つ前に

「そうだ、一番大切なことを忘れてたぜ」

俺がスマホを取り出すと、パトリシアが大きく頷いた。

「うむ！　勇者殿、そのためにここに来たのだ」

飛竜騎士団の兵士たちは先程の戦いですっかり俺に心酔《しんすい》したようで、熱心に話を聞いてくれる。

一か月間、向こうの世界で頑張った甲斐があるというものだ。

指揮官たちには説明をしたが、兵士たちにはまだだから全員集まっているのは丁度いい。

「……というわけだ。これを持って国境警備隊のところやこの国の町や村に行ってもらいたい。手伝ってくれるか？」

端末の実演をすると、大きな歓声が上がる。

「おお！　なんと便利な道具なのだ！」

「もちろんです！　勇者殿！」

「先程の戦いぶり、真《まこと》に見事でした！」

「勇者殿の仰ることであれば間違いない！」

「早速、我らが各地へ参りましょう！」

パトリシアはそれを見て嬉しそうに頷いた。

「うむ！　それでは各地に派遣する者たちを発表する」

手慣れた様子で彼女は必要な人員を振り分けていく。

その間、俺は端末クリエイトをして彼らに子端末を渡す。

そして使い方のレクチャー役は、なんとリンダが買って出てくれた。

「それでな、ここを押すんや！」

「おお！　侍女殿の写真が！」

「便利やろ？　こうやって撮って送るんやで」

はは、やっぱり年頃の女の子だな。こういうことは、覚えが早いぜ。

兵士たちは感動したようにレクチャーを見ている。

「これは凄い！　これがあれば、国境の状況を王宮で把握出来るのか！」

「うむ、そうだ。逆にこちらからの指示も出せる。各地の民を守る大切な武器になるだろう」

「確かに！　これがあれば、帝国にむざむざと中央まで侵攻はされませぬ」

「それに各地の民も、速《すみ》やかに避難させることが出来るに違いない！」

皆、俺の意図を理解してくれたようだ。

だが……

問題はメルドーザとかいう化け物や、魔将軍クラスの敵にどう対処するかだな。

魔将軍とは俺が戦うとしても、あのメルドーザ級の化け物をどう食い止めるかだ。

エルフと同盟を組めれば選択肢が増えるのだろうが、現状を鑑《かんが》みればそれが出来なかった時のことも考えるべきだろう。

「なあ、パトリシア。あの邪竜クラスの化け物は帝国にまだいるのか？」

俺の言葉にパトリシアは首を横に振る。

「だが勇者殿、あのメルドーザも突然現れたのだ。皇帝ザギレウスが魔界から召喚したのではと言われているのだが……」

パトリシアの話では、邪竜はロダードが持っていた黒い玉で操られていたらしい。

そして、それをロダードに与えたのもザギレウスという男のようだ。

まあ少なくとも、あんな化け物がごろごろいるわけじゃないって話だけでも救いだな。

ということは、メルドーザは敵にとって重要な手駒だったはずだ。

だとしたらよっぽどの馬鹿でもない限り、そんな手駒と魔将軍を倒した相手がいる国に、すぐに追撃を仕掛けてはこないだろう。

俺が皇帝ならまずは情報を収集する。

そうか……当然そうだよな。

俺は、スマホを手に各地に向かおうとする兵士たちを呼び止めた。

「なあお前たち、飛び立つ前に俺の話を聞いてくれ。一つ頼みたいことがある」

その呼びかけに、兵士たちは傍に集まってくる。

「どうしたのです？　勇者殿」

「何か他に我らに出来ることでも？」

彼らの言葉に俺は頷いた。

「ああ、これから話すことが上手くいけば、帝国の侵攻そのものを遅らせるのに役立つはずだ」

パトリシアとリンダが驚いたように声を上げた。

「勇者殿、それは本当なのか⁉」

「どういうことや？　おっちゃん」

「恐らくな、皇帝ザギレウスって奴が馬鹿じゃなけりゃあ有効なはずだぜ」

兵士たちが俺に尋ねる。

「勇者殿、それはいったい⁉」

「その前に、少しだけ待っててくれよ。なあ、ナビ子、聞きたいことがあるんだが？」

俺の言葉に一同が首を傾げる。

「勇者殿、ナビ子とは？」

「いや、気にするな。こっちの話だ」

つい普通に話しかけちまった。

近頃のあいつは、やけに人間じみているからな。

『カズヤさんのせいじゃないですか、苦労ばかりかけるから』

（まあそう言うなよ。一つ聞きたいんだが、【映画鑑賞】のスクリーンモードの映像を、バーチャルモード風にアレンジすることは出来るのか？）

『ええ、もちろん。リアルな映像で映画を楽しみたいならそうしますけど？』

（映像の加工はどうだ？　スーパーバーチャルモードみたいに、主人公を俺の姿に変えたりとかも出来るのか）

『出来ますよ。ストーリーは変えられませんけど、登場人物のデータを再構成するぐらいなら。たとえばあの映画のヒロインの外見をパトリシアさんそっくりにするとかは可能です』

（マジで？）

『ええ、マジです』

それはいいことを聞いた。

予想よりもいいものが出来そうだ。

『ていうか、カズヤさんの考えてることは分かりましたから。もう作成してデータは送っときましたよ、アプリに届いてるはずです。【映画鑑賞】は端末でも行えますから』

「ふぁ？」

思わず変な声が出てしまい、パトリシアたちが俺を心配するように見つめた。

咳ばらいをしてごまかし、早速俺はスマホのアプリを立ち上げる。新着のメッセージがナビ子から届いていた。

どうやらこいつには端末は必要ないようだ。

(しかし……誰だよ、この超絶美少女は)

『誰って私に決まってるじゃないですか。あくまでもイメージですけど』

……こいつ。

俺のロゴはメチャクチャ手抜きだったくせに、自分のロゴは全力で仕上げてきやがった。

『ついでですから、スクリーンモードでも上映しますね』

ナビ子がそう言うと、闘技場の高く白い壁面一杯に映像が映し出される。

パトリシアや兵士たちは驚いたように目を見開くと、腰から提げた剣を抜いた。

「な！　一体何だこれは！　勇者殿!!」

「あれはメルドーザではないか？」

「こ、これは幻術《げんじゅつ》か!?　まさかまたしても帝国の者が！」

俺は頭を掻きながら、皆に剣を収めるように言う。

ナビ子の野郎、いきなりすぎるだろ。少しぐらいは説明させろ。

「心配するな。まあなんていうか、光の勇者と邪竜メルドーザの戦いのイメージ映像を作ってみたってところだな。ちょっと脚色《きゃくしょく》が入ってるのは勘弁しろよ、こっちにも色々と事情があってな」

しかしナビ子のやつ、大したもんだぜ。

即席の癖によく出来てやがる。

今流しているのは『聖剣に選ばれし者と暗黒竜』という映画のワンシーンだ。

エンディング間近で主人公が聖剣を抜いた瞬間、天からの光が暗黒竜を貫く。

ファンタジー映画ではよくある、伝説のアイテムでの大逆転のシーンだが、大迫力だったのでよく覚えている。

天からの光だけでも上手く使えないかと思ったが、こりゃあ想像以上の出来だ。

『言ったでしょう？　細部までこだわるのがモットーだって』

（ああ、こりゃあ上出来だぜ！）

壁面に、主人公（俺）が聖剣を天に掲げる姿が映る。

そして次の瞬間――

天からの白い光が巨大な竜を貫いた。

その竜の姿は、まさにメルドーザそのものである。

ナビ子が劇中の暗黒竜を、メルドーザのデータで再構成したのだろう。

断末魔の悲鳴を上げながら消滅する巨竜。

そしてクールに決める主人公のアップで終わりだ。

……おい、ちょっと待て。

ここまでで十分だろう？　俺の気持ちとは裏腹に、映像は止まる気配がない。この続きは映画のラストシーンだ。

主人公である俺がヒロインを抱きかかえて……

「ゆ、勇者殿!?」

俺の隣にいるパトリシアの顔が真っ赤になっている。

壁いっぱいに映し出されているのは、パトリシアを抱き上げて今にも口づけをしようとしている俺の姿だ。

（おい待て！　ナビ子、ここはカットだ!!　大体、なんで相手がパトリシアになってるんだ！）

頭の中で叫ぶ俺をよそに、闘技場の壁では今にもキスしそうな俺とパトリシアの口元がアップになっていた。

パトリシアは目を皿のようにしてそれを見つめている。

『どうしてですか？　このシーンが一番お気に入りだったんですよ。カズヤさんは女のロマンが分かってませんね』

ナビ子はグチグチと言いつつも、唇が重なる直前で上映を止めてくれた。

壁に映っていた映像が消えて、同時にアプリにナビ子のメッセージが届く。

〈仕方ありませんね。ラストシーンはカットしておきました〉

そこには、修正版と書かれた映像データが添付されていた。

しかし今さら修正しても、この場を取り繕うのは不可能だ。皆の視線が俺に突き刺さる。

リンダはドン引きしたような顔で俺を見つめている。

さっきまで俺に尊敬の眼差しを向けていた兵士たちも、若干引いていた。

「い、今の幻術は勇者様の……」

「かなりご自身を美化《びか》されていた上に、パトリシア様と……」

「いや、言って差し上げるな。勇者殿とて男、姫様が美しすぎるのだ」

「「勇者殿！　お気持ちは分かりますぞ!!」」

……やめろ。

「分かってますよ」的な目で俺を見るな。

俺はお前らとは違って、パトリシアをそんな目で見てないからな。

「あ、あのなパトリシア……」

「はう!!」

まだ呆然としているパトリシアに呼びかけると、彼女は変な声を上げてぎこちなくこちらを見つめる。

真っ赤になっているパトリシアは可愛らしい。……いやいや、そうではなくて。

「ほんとに違うんだって。少しばかり事情があってあんな風になっちまっただけだ。悪かったよ、怒るなって」

パトリシアは俺を見上げる。

「別に私は怒ってなど……勇者殿がどうしてもと言うのなら」

「ん？」

最後の方が小声でよく聞き取れなかった。

俺が聞き返すとパトリシアは軽く咳ばらいをして言った。

「な、なんでもない！　だが勇者殿、どうしてあれが帝国の侵攻と関係があるのだ？」

「ああ、それはな」

俺はそう言って、皆の端末に文言《もんごん》を添えて修正版のデータを送信する。

〈さっきの映像だ。添付したデータをタップすれば何度でも繰り返し見ることが出来る。各自試してみてくれ〉

受け取った面々はメッセージを見て、それぞれの端末で動画を再生する。

そして兵士たちは口々に驚きの声を漏らした。

「おお！　これは先程の幻術！」

「何という迫力だ！」

今回の目的には関係ないので台詞は抜いてあるが、効果音はしっかりとついている。

端末のスピーカーでも、十分迫力は伝わったようだ。

本当はシアターモードで映し出した映像をスマホで動画撮影しようとしたのだが、ナビ子の機転で手間が省けた。

お陰で、よりリアルな映像を渡すことが出来たな。

これを兵士たちに配ったのは、この映像が邪竜撃退の様子を記録したものだと宣伝させるためだ。

脚色はあるが、天から現れた光がメルドーザを一瞬で消滅させたのは変わらない。

城下街の目撃者の証言とも符合《ふごう》するだろうから、何も知らない者が見れば、これが事実だと信じるはずだ。

最初は端末そのものに驚くだろうが、それも勇者がもたらしたものだと宣伝してもらおう。それだけで、勇者が実在することへの信憑性《しんぴょうせい》が高まり、映像の内容も信じてもらいやすくなる。

それを見ながら兵士たちは俺に尋ねる。

「しかし、これをどう使えば？」

「ああ、お前たちはこれを各地の人々に、邪竜を倒した勇者の姿だと言って見せてくれたらいい」

邪竜メルドーザとロダードを倒した以上、帝国の連中が俺の存在を知るのも時間の問題だ。

そうなれば当然、詳しい情報を探ろうとするに違いない。

そんな中、このド派手な映像を見た人々が噂を広めていけば、それは遠からず奴らの耳に届くはずだ。

「皇帝がよっぽどの間抜けなら話は別だが、幾ら帝国だってこんなヤバい奴がいる国に、何も考えずに攻めてこないだろうぜ」

とにかく、今は少しでも時間が欲しいからな。

パトリシアは俺を見つめると、ピコンと耳を立てる。

「そうか！　無闇《むやみ》にアルーティアに攻め込ませぬために、情報を使って敵を足止めするのだな？」

「ああ、そういうことだ。下手に手を出したらこうなるぞってな」

この際、大事なのは実際の戦力よりも向こうがどう思うかだ。

上手くいけば、その幻影《げんえい》がまさに抑止力になる。

もちろん幻術だと疑われるだろうが、奴らが映像を嘘だと決めつけることは出来ない。実際に邪竜と魔将軍は帰って来ないわけだからな。真偽《しんぎ》が分からず二の足を踏むはずだ。

兵士たちも納得したように頷いた。

「なるほど……」

「戦わずして足止めが出来るのであれば、これは大きな戦果ともいえる」

俺は頷くと、タブレット型の端末も作り兵士たちに渡した。

「そうだ、どうせならこっちのほうが迫力があるからな、宣伝する時はこれを使ってくれ」

どうせ使用者限定の端末なので、万が一奪われても盗んだ者には使えないから安心だ。

それに画面がデカい方が効果的だろう。

「せっかく宣伝するなら、地元の人間だけじゃなく、遠くから来ている人間にも見せられればなおいいんだが」

「分かりました！　国境付近の行商人《ぎょうしょうにん》たちにもこれを見せ、勇者殿のことを話して聞かせます！」

「おお、彼らを使えば西側の諸国だけではなく、帝国領にも噂が広まることでしょう」

俺は大きく頷いた。

「行商人か、それはいいな！　頼むぜ」

正直、自分が厨二病の主人公みたいになっている姿を見られるのは恥ずかしいが、背に腹はかえられない。これで侵攻が回避出来るなら安いもんだ。

「勇者殿！　姫！　それでは我らは任務に向かいます」

「おお！」

「行こう!!」

話は決まった、とばかりに意気揚々《いきようよう》と各地に飛んでいく竜騎士たち。

俺は彼らを見送りながら呟いた。

「上手くいけばこれで暫くは時間が稼げる。でも、その間に戦力を何とかしないとな……」

根本的な問題は何も解決していない。

とにかく急いで、帝国に何とか対抗出来る勢力を作りだす必要がある。

何しろ相手は大陸の六割を支配する程の大国だ。

『カズヤさん。やっぱり、あの小生意気なエルフの王女をしもべにするしかありませんよ』

……おい。

言ってることが完全に悪者じゃねえかよ。

大体、あんなワガママなしもべがいたら気が休まらねえよ。

（もっとましな方法はないのか）

『さあ、今のところはないですね。それにしても、どうしてアンジェリカ王女は明日の試合にこだわるんでしょう？　カズヤさんが気に入らないなら、さっさと国へ帰ればいいだけじゃありませんか。もしかしてリンダさんが言ったみたいに、惚れたんですかね。ほらよくあるじゃないですか、「私、お父様にもぶたれたことないのに！」的な』

（あいつがそんなタマかよ。俺をナイトとやらにしてこき使いたいんだろう？　大体、どこでそんな怪しげな情報を仕入れたんだ）

『ええ、暇な時にカズヤさんの映画のコレクションを楽しんでますから。もうちょっと恋愛系のタイトルが多いと嬉しいんですけど』

こいつは清々《すがすが》しい程ブレないな……

結局、俺はその後アルーティア騎士団の視察を終えて、女王セレスリーナのもとに戻った。

その頃には歓迎の宴も終わり、大ホールでは続いてエルフの使節団を迎える準備が行われていた。

俺の起きた時間が昼近くだったこともあり、窓からはもう夕日が差し込んでいる。

夜には、エルフの一団との夕食会がこの場所であるらしい。

セレスリーナは、頬を膨らませながら俺たちに言った。

「あんな生意気な王女でも、一応エルフェンシアの正式な特使ですから、それなりのもてなしはしなければなりません」

女王はアンジェリカが、救世主である俺のことを下僕にすると言ったのが、よっぽど腹に据えかねたようだ。

騎士団の宿舎での一件を報告すると、俺は言った。

「とりあえずエルフたちとの同盟の可能性は残ったんだが、どうなることやら。大体、どうしてあんな我がまま王女が特使になんてなってるんだ？　誰が決めたのかは知らないが、どうかしてやがるぜ」

その時、俺はホールの入り口からこちらに向かってくる人物に気が付いた。

それが誰か分かり、パトリシアとリンダは身構える。俺は二人を右手で制してそいつに話しかけた。

「よう、もう起きても大丈夫なのか、ロファーシル。だがよ、夕食会とやらには早すぎるんじゃないのか」

先程の怪我の治療は終わったのだろう。

剣聖は頷くとこちらに歩み寄り、膝をついてセレスリーナに深々と礼をする。

その後、立ち上がって俺に目を向けた。

「光の勇者殿、そなたを男と見込んで相談したいことがあるのだ。私の話を聞いてはくれまいか」

10、本当の親書

ロファーシルの言葉に、俺は肩をすくめた。

「改まってどうした？　明日の試合で手を抜いてくれって言うのならなしだぜ。俺はアンジェリカのナイトになる気は、毛頭《もうとう》ないからな」

俺の言葉を聞いて、ロファーシルはふっと笑う。

「武人がそのようなことを頼むわけがあるまい。それに、貴殿の力は十分知っている。本来であれば明日の戦いなど必要はない」

「どういうことだ、それは？」

俺の言葉には答えずに、ロファーシルはセレスリーナに向き直る。

「セレスリーナ陛下、我が王からの親書は今どこに？」

突然の問いにセレスリーナは少し戸惑《とまど》ったような顔をしたが、剣聖に答える。

「親書なら私の部屋にありますが、それが何か？」

親バカ全開の内容を思い出したのだろう、少し呆れ顔である。

当然の反応だ。

何しろ正式な親書は一枚きりで、残りの数枚は娘自慢だったからな。

ロファーシルは、セレスリーナに願い出た。

「女王陛下、その親書をこのロファーシルめにお貸し頂きたい」

その申し出に、セレスリーナは怪訝《けげん》な顔をした。

「それは構いませんが、いったい何だと言うのですか？」

ロファーシルはその問いに答えない。

親書を見てからでないと言えない、ということなのだろうか？

セレスリーナは俺を見つめる。

どうしましょうか、という問いかけの瞳だ。

俺はふぅと溜め息をつくと、女王に答えた。

「構わないと思うぜ。気に入らないところもあるが、こいつは何かを企《たくら》むようなタイプじゃねえからな」

ゲイルを支配したやり方はいけ好かなかったが、その戦いぶりは真《ま》っ向《こう》勝負そのものだった。

誇りを重んじるタイプであることは間違いないだろう。

セレスリーナは美しい顔で俺を見つめると、決断を下す。

「分かりました、勇者様がそう仰るのでしたら構いません。私についてきてください」

「かたじけない」

女王は数名の衛兵や侍女と共に、大ホールの奥にある自室に向かう。
俺たちはロファーシルと共にその後に続いた。
リンダは剣聖と呼ばれる男を睨みながら、俺に囁いた。
「おっちゃん、甘いで」
「まあ、そう言うな」
パトリシアを大事に思っているリンダにとっては、ロファーシルは憎い仇《かたき》なのだろう。
一方でパトリシアは警戒はしているものの、それ程の敵愾心《てきがいしん》を見せてはいない。
実際に剣を交えたからこそ分かることもある、というやつだろう。
『まあアンジェリカ王女に比べたら、可愛いものですからね』
まったくだな。そこはナビ子と同意見だ。
それにしても、アンジェリカ王女が一緒でないのが気にかかる。
それはつまり……
あの我がまま王女の傍にいることよりも、これは大事な用件ってことか？
そうでなければ、こいつがアンジェリカの傍を離れるとは思えない。
俺たちが執務室に入ると、セレスリーナは人払いをして衛兵や侍女たちを下がらせた。
リンダは特別扱いらしく、パトリシアの傍に控えている。
鍵がかかった執務用の机の引き出しから、筒に入った親書を取り出すセレスリーナ。

そして、それを机の上に置いた。

「これでよろしいですか、剣聖殿？　親書といっても、我が国との同盟に関するものは一枚きりでしたけど」

セレスリーナの立場からすれば、一言嫌味も言いたくなるというものだ。

ロファーシルは頷くと、それを並べていく。

俺はそれを見ながら首を傾げた。

「おい、それは裏じゃないのか？」

一枚目は表に、それ以外の三枚は裏にして並べるロファーシルに、女王もパトリシアも訝し気な表情だ。

それを意に介さずにロファーシルは親書の上に手をかざすと、全身に魔力を込めていく。

凄まじい魔力に、厳しい顔つきになるパトリシア。

腰から提げている剣の柄に手をかけている。

俺はパトリシアを右手で制した。

「落ち着けパトリシア……あれを見てみろ」

その言葉に、パトリシアは俺の視線の先を見た。

そこには机の上に置かれた親書がある。

だがそれは、先程の物とは違っていた。

「これは、一体……」

思わず息を呑むパトリシア。

幻想《げんそう》的な魔力の光が、裏返しにされた三枚の親書に文字を浮かび上がらせていく。

まるで魔力に反応する炙《あぶ》り出しだな。

ロファーシルの右手に宿る魔力が、次第に収まっていく。

机の上には、最初にセレスリーナに手渡された物とは別の内容の親書が姿を現していた。

驚くセレスリーナに、ロファーシルは告げた。

「女王セレスリーナよ、これが我が主からの真の親書。どうかご覧ください」

その言葉に彼女は頷くと、新たな内容が書かれた親書に目を通していく。

そして、次第に目が大きく見開かれていった。

「これが本当の親書……剣聖ロファーシル、ここに書かれていることは真なのですか？」

「恥ずかしながら」

俺はセレスリーナに歩み寄った。

女王は俺を見つめると、親書を手渡してくれた。

俺がそれを眺めていると、パトリシアとリンダが両側から覗き込む。

「な、なんと。勇者殿！」

「ほんまかいな、これ」

本当だとすると……厄介だな。そしてロファーシルの様子を見る限り、まぎれもない事実なのだろう。

新たに現れた親書には、エルフェンシアの国王が置かれた窮状《きゅうじょう》が書かれていた。

その元凶となっているのは、エルフェンシアの宰相《さいしょう》を務めるドルーゼスなる男だという。

ロファーシルは唇を噛み締めた。

「今回、特使に幼いアンジェリカ様が選ばれたのも、そうでなければ奴らが元老院《げんろういん》の議会を通さぬからだ」

セレスリーナは納得したように頷く。

「エルフェンシアは、君主の下に政治を司る元老院がありますからね」

ロファーシルは、複雑な心境を顔に表しながら答えた。

「重要な特使は王族が務めるのが国の習わしとはいえ、アンジェリカ様はまだお若い。生まれつき魔力も強く、プライドも人一倍高いお方だ」

俺はあいつの様子を思い出しながら言った。

「そう言えば聞こえがいいが、ありゃあただの我がまま娘だぜ。どう考えても同盟の特使なんて無理だ」

ロファーシルが言うには、末の娘として蝶《ちょう》よ花よと育てられたらしい。

まあ、ここに書かれてることが本当なら、元老院とやらは最初からそれが分かっていて、敢えてアンジェリカを選んだんだろうがな。

一方で国王は、彼らに親書の内容を知られてはまずいのでこのような細工をしたのだろう。

その時、にわかに扉の外が騒がしくなる。

衛兵が困り果てたような声を上げて押しとどめているようだが、喧騒《けんそう》は収まらない。セレスリーナに伺いを立てるという声と共に扉が開いた。

それに乗じて強引に部屋に入って来たのは、供を連れたアンジェリカだ。

俺たちと一緒にいるロファーシルの姿を見て、怒りをあらわにする。

「ロファーシル、これは一体どういうこと⁉　こいつとの決着はまだついてないはずよ、それなのに私に黙ってコソコソと！」

「姫、光の勇者殿の力は想像以上のもの。これ以上戦う理由などございませぬ」

「は？　何を言ってるのロファーシル！　怖気づいたの⁉」

どうやら、こいつは何も知らないらしいな。

どうする？　伝えるべきか。俺は逡巡《しゅんじゅん》し、もう一度親書の内容を眺める。

いや、伝えたところで話がややこしくなるだけだろう。

俺がそう思った時、ズボンのポケットに入れているスマホが振動する。

各地に飛んだ飛竜部隊専用グループからの通信だ。

アプリを開くとメッセージが届いている。

そこには、動画が添えられていた。

俺はそれをタップする。

「これは……」

そこに映っている光景に俺は呆然とした。

気が付くと、パトリシアもスマホを片手に俺を見つめている。

飛竜部隊のグループにはパトリシアも入れてあるから、同じ動画を見たのだろう。

「勇者殿！」

「ああ、どうやら緊急事態らしい」

動画には、飛竜から撮影した広大な森が映っている。

撮影者からはまだ離れているようだが、その森には激しく燃え上がっている箇所がある。

そして、その方向から白い生き物が飛んでくるのが見えた。

スマホだと小さくてよく見えない。俺は瞬時にタブレットを作り出すと、そちらにデータを転送して眺める。

ロファーシルもアンジェリカも俺のその力に驚いたようだが、そこに映し出された映像を見て青ざめた。

「どうして……」

絶句するアンジェリカ。

画面に映る白い生き物には翼が生えており。何者かに追われるようにして、撮影者に向かってくる。動画はその生き物が近くに来たところで終わっていた。

ロファーシルはそれを見てうめいた。

「馬鹿な、これは我がエルフェンシア近衛《このえ》騎士団のペガサスだ！」

暫くすると、再び端末にメッセージが届く。

これは……

どうやら誰かと接触をしたらしい。

俺はそれを見て頷くと、その兵士にメッセージを送り返した。

そしてアプリを使って電話をかける。

向こうの様子が詳しく分かるように、タブレットでのテレビ電話である。

「勇者様！」

画面には昼間、エルフェンシアとの国境に向かって飛び立った兵士の顔が映っている。

どうやら飛竜から降り、地上で話をしているようだ。

すぐに、他の誰かの声も入ってくる。

アルーティアの兵士も複数いる。話を聞くと、どうやら国境を越えて侵入した先程のペガサスを追って来たようだ。

その中で、一人の女性の声が聞こえる。

兵士がカメラを向けたのだろう、その声の主が画面に映り込んだ。

そこにはエルフ族の騎士らしき男と、美しいエルフの女性が立っている。

先程のペガサスに乗って来たのはこの二人組らしい。後ろには翼の生えたあの白馬の姿が見えた。

現地の慌ただしさを伝えるような、激しい息遣いがマイクに乗る。

エルフの騎士が叫んだ。

「どういうことなのだ？　本当にこれで、アルーティアの王宮と連絡が取れるとでも言うのか！」

すると傍にいる女性が、画面を見て声を上げる。

「まさか……アンジェ、そこにいるのはアンジェリカなの!?」

こちらでは、俺に詰め寄っていたアンジェリカが画面に映し出された女性を呆然と見つめている。

「リーニャお姉様……どうして!?」

ロファーシルも、画面を食い入るように見つめると叫んだ。

「リーニャ様！　これは一体」

「ああ、ロファーシル、貴方も一緒なのね！　お願い、どうかお父様たちを助けて!!」

画面に映った女性の話を聞いているうちに、俺たちは状況を把握していった。
十六、七歳ぐらいのいかにも王女という雰囲気の彼女は、アンジェリカの姉でリーニャという。
先程の遠方の森の中で見えた火災は、エルフェンシアの国軍同士の衝突《しょうとつ》が招いたものらしい。

カメラの向こうでリーニャが唇を噛む。その手は怒りに震えていた。

「ドルーゼスが秘密裏《ひみつり》に帝国軍をエルフェンシアに招き入れたのです。まさか、そこまでするとは……」

ロファーシルがこぶしを握り締める。

「何と愚かな！　ドルーゼスめ、帝国と同盟を組むなどという戯言《ざれごと》では飽き足らず、国を売り渡そうと言うのか⁉」

あの親書に書かれていた内容はまさにそれだった。

近隣諸国との同盟を考える国王と、それに表立って反対はしないが、裏では帝国との同盟を画策《かくさく》していると噂される宰相ドルーゼス。その対立が日増《ひま》しに激しくなっていると。

リーニャの傍にいる騎士が、ロファーシルに言う。

「帝国の尖兵《せんぺい》を国の中に招き入れるとは、もはや同盟ですらない。剣聖殿、奴は帝国と結託して、エルフェンシアの王位を簒奪《さんだつ》しようとしているのです！」

リーニャが涙を流しながら美しい顔を伏せる。

「奴と元老院に従う軍の一部が、帝国軍と共に都を占拠《せんきょ》し始めました。私たちは辛うじて都を逃れ、お父様に従う王国軍と共に追っ手と戦っています。お願い、助けてロファーシル！　いずれ都を占拠し終えた帝国軍の本隊もこちらにやってくるでしょう。そうなったらお父様たちは皆……」

殺されるだろうな。そのドルーゼスとやらの目的が王位を奪い取ることなら、元の王族とそれに従う連中程邪魔な存在はいない。

横に立つアンジェリカは、真っ青な顔で震えている。

どうしていいのか分からないのだろう。

ただ、放っておけば家族が皆殺しにされることだけは分かってるはずだ。

俺はロファーシルに言った。

「行こうぜロファーシル。御託を並べている場合じゃないはずだ」

見捨てるわけにはいかない。

アルーティアにとっても、このまま今のエルフェンシア国王が死ねば、隣に強力な敵国が生まれることになる。

「勇者殿！　……かたじけない」

深々と俺に頭を下げるエルフの武人。

その姿に頷き、俺はパトリシアに留守を頼む。

緊急事態とはいえ、アルーティアの守りをおろそかには出来ない。

今のところ他の兵士からの連絡は入ってないが、帝国に侵入される恐れもあるからな。

俺たちが中庭に出ると、そこにアッシュとゲイルが舞い降りる。

乗っていた兵士はすばやく降り、俺たちに騎乗を促す。

後ろから見ていたリンダが、スマホ片手に俺に言った。

「騎士団の宿舎に連絡入れといたで、おっちゃん！」

「ああ、助かるぜ！　リンダ」

手回しがいい。流石、パトリシア付きの侍女に選ばれるだけのことはある。

パトリシアは俺を見つめて、ギュッと抱きついた。

「勇者殿、無事を祈っている」

「大げさだぜ、パトリシア」

セレスリーナも、傍に立って祈りを捧げていた。

アッシュとゲイルにまたがり、いよいよ出発というその時、中庭までついてきたアンジェリカが、俺とロファーシルに叫ぶ。

「私も行く！　お父様が、お母様が……リーニャお姉様、クリスティーナお姉様……」

うわごとのように家族の名を呟くアンジェリカを、パトリシアが引き止めた。

「そんな様《ざま》で何が出来る？　勇者殿たちの邪魔になるだけだ」

「嫌よ！　私もついていくんだから!!」

引き下がらないアンジェリカに、俺は静かに言った。

「乗れよアンジェリカ。でもな、震えるのは後にしろ。そうじゃなけりゃあ救える命も救えないぜ」

アンジェリカ一人くらい増えたところで、アッシュならものともしないだろう。

これは、こいつの国と家族の命がかかっている問題だ。無理に引き止める権利は俺にはない。

パトリシアも、アンジェリカの気持ちが分かったのだろう。

アッシュの傍まで二人で一緒に歩いてくる。

俺はエルフの王女の手を掴んで、抱きかかえるように俺の前に乗せた。

覚悟が出来たのか、アンジェリカの体の震えは少しおさまった。

俺は見送ってくれるパトリシアたちに頷くと、アンジェリカに言う。

「行くぜ！　安全運転はしてられねえからな、振り落とされないようにしっかり掴まってろ!!」

その瞬間――

アッシュは大きく羽ばたくと、まるで赤い弾丸のごとく空を突き進んでいった。

11、赤い竜騎士

カズヤたちが王宮を飛び立って数時間後。

エルフェンシアからアルーティアに続く国境の森では、激しい戦闘が続いていた。

「陛下！　これ以上ここで踏みとどまれば、都を占拠したドルーゼスと帝国の軍がこちらに!!」

「そうなれば、我らに勝ち目はありません！」

近衛騎士団の兵士たちのその言葉に、エルフェンシアの王であるエディセウスは首を横に振った。

「今引くわけにはいかぬ。我らと共にやってきた民を皆避難させ終わるまでは、ここは引けぬ！」

エディセウスの傍には一人の美しい女性が立ち、彼と共に強力な結界魔法を前方に展開させていた。

彼女はエルフェンシアの第一王女、クリスティーナだ。

年齢は十八。王女でありながら、エルフェンシアの魔道騎士団を率いている才媛《さいえん》である。

誇り高い王女の美しい横顔は、戦場の兵士たちを鼓舞《こぶ》している。

クリスティーナは父であるエディセウスの言葉に頷くと、兵に命じた。

「陛下の仰る通りです。今我らが引けば、怪我をした民や子供たちは敵に追いつかれ蹂躙されることでしょう。出来るかぎり、ここで踏みとどまるのです！」

ブロンドの髪が、敵の魔法が結界に衝突する衝撃波で激しく靡く。

しかし攻撃が自軍に届くことはない。父娘二人が中心となって作り出した黄金に輝く結界は、それ程までに強固だった。

だが、いつまで保つだろうか。クリスティーナは唇を噛む。

(お母様やリーニャは無事に国境を越えられたのかしら……せめて避難する人々だけでもアルーティアへ……)

クリスティーナ自身は死を覚悟していた。

たとえ母や妹がアルーティアの国境警備隊と接触《せっしょく》出来たとしても、彼らがエルフェンシアのために戦う理由がない。

「せめて、ここまで逃れてきた人々だけは。リーニャ、頼むわよ」

きっと伝令になってくれた妹が、彼らだけは国境を越えさせてくれるように、アルーティアの国境警備隊に頼んでいるはずだ。

それが甘い希望だとは思いながらも、信じなければこれ以上魔力を振り絞っていられない。

ふらつく体を必死に支えながら、末の妹のことを思いだす。

「アンジェリカ、せめて貴方だけは無事でいて頂戴《ちょうだい》」

そして、まだ幼さを残す妹がこの場にいないことを神に感謝した。

日はとうに落ちたが、敵軍が魔力を込めて打ち上げる照明弾が戦場を煌々《こうこう》と照らしている。

疲労の余り視界が霞み、クリスティーナはガクリと膝をついた。

都を落ち延びてから、休むことなく行軍《こうぐん》と戦いを続けているのだ。

「まだよ……まだやれる」

まるで最後にもう一度命の炎を燃やすかのように、膝をつきながらもクリスティーナは両手を前にかざした。

黄金の結界が再び強い光を帯びる。だがその時――！

激しい衝撃が結界を揺るがした。そして戦況は一気に均衡を崩す。

「ぐっ……これはいったい！」

エディセウスたちは何とか結界を維持しながら、正面から現れた黒い影を見上げた。

前方に現れたのは、黒い竜たちだ。数十、いや百を超える竜の群れ。

それが整然と空から舞い降りる。

結界を揺るがしたのは、そのうちの数頭が吐いたブレスだった。

「これはこれは、まだこのような場所においでとは。くくく、だから貴方は甘いというのだ」

一人の男が黒い竜から結界の前に降り立った。

傲慢なその目を細め、エディセウスを嘲笑う。

エルフの王は怒りの眼差しで男を睨む。

「……ドルーゼス、貴様には誇りがないのか！　帝国にこのエルフェンシアを売り渡すとは!!」

この男こそ、帝国の兵をエルフェンシアに引き入れた張本人だ。

宰相ドルーゼス・バルディオラス。

男は王の言葉を鼻で笑った。

「誇りとやらで国が守れますかな？　私には力がある。見よ、この黒竜騎兵《こくりゅうきへい》たちを！　魔将軍エルザベーラ様にお借りしたのだ」

クリスティーナが、怒りに燃えた目でドルーゼスへ叫んだ。

「ドルーゼス！　それが貴方が魂を売った相手の名ですか!!」

怒りの言葉を聞きながら、ドルーゼスは言った。

「おや、クリスティーナ殿下。まだ前線にいらっしゃるとは勇ましい限りですな。ですが、いつまでその強気が続くでしょう。上空から見ましたぞ、逃げ遅れている怪我人や子供たちの姿を。愚かな国王に従った者がどうなるか、よく見ておくことです。聡明でお優しい王女殿下には耐えられますかな？」

その言葉にクリスティーナの目が大きく見開かれる。

「い……いったい何を⁉」

ドルーゼスは、黒い飛竜にまたがった騎兵たちに命じた。

「逃げまどっている愚か者どもをブレスで焼き払え。骨も残らぬようにな」

「や、やめなさい！　このケダモノ‼」

余りに非道な所業にクリスティーナは叫んだ。

ドルーゼスは、王と王女の姿を見て愉快そうに頬を緩める。

黒い翼を広げた十頭余りの黒い飛竜が、空に舞い上がった。

そして、逃げ遅れている民を追って大きく羽ばたいたその時——

クリスティーナは見た。

前方より現れ、まるで赤い稲妻のように黒い集団に向かっていく竜騎士の姿を。

「あれは……」

その竜騎士は赤い飛竜に乗り、目にも留まらぬ速さで突き進む。赤いのは飛竜だけではない。彼の全身を覆う闘気が、夜の空に赤く輝いている。

次の瞬間、竜騎士は黒い群れと交差した。

「な！　なにぃいいい!?」

ドルーゼスの口から驚愕の声が上がり、その傲慢な目が大きく見開かれる。

エディセウスもクリスティーナも呆然とした。

「な!!」

「いったいあれは!?」

竜騎士が黒い飛竜の群れに飛び込んだ途端、凄まじい程の速さで真紅の閃光が、幾度も煌《きら》めいた。

それは赤い竜に騎乗する何者かが振るった剣、そして闘気の輝きである。

信じられぬのは、その速さだ。まさに絶技《ぜつぎ》と呼べるだろう。

クリスティーナは、余りの見事さに思わず見とれた。

「凄い……一体誰が」

気が付けば真紅の竜と交差した黒竜騎兵は、ことごとく倒され地に落ちていた。

邪悪な瘴気に包まれた黒い竜と騎乗者たちが、森のあちこちに転がっている。

ドルーゼスを背後で操る、魔将軍エルザベーラという人物の配下の者たちだろう。

その禍々しい瘴気が、彼らを魔界の住人だと証明している。

竜騎兵の落下音が続き、地響きが辺りに低く広がっていく。クリスティーナは、美しい髪を靡かせて呟いた。

「強い、あの赤い竜騎士は一体⁉」

彼女はエルフェンシアの魔道騎士団を率いているが、これ程の手練《てだ》れは見たことがない。

その一方で、一瞬呆然としていたドルーゼスは我に返り叫んだ。

「おのれ！　何者だ！　殺せ、奴を殺せぇええええ‼」

今まで国王軍に向けて放っていた魔法を、上空に集中砲火しようとする。

その時——

「おぉおおおお！　光狼滅砕撃《こうろうめっさいげき》‼」

エディセウスたちは、後方から響く気合の込められた叫びを聞いた。

同時に雄々しい黄金の狼が、彼らの横を、そして自陣の結界を通り抜けて敵陣に突き進んでいく。

そしてまるで夜空に咆哮するがごとくその顎門《あぎと》を開くと、ドルーゼス陣営に激突した。

敵の魔道士が咄嗟に張った結界を震わせ、衝撃で周りに砂埃《すなぼこり》を巻き上げる。

凄まじい威力だ。

ドルーゼスも思わずその衝撃によろめいた。

結界を通り抜けられるのは味方の攻撃だけ。こんな一撃を放てる味方は、エディセウスの知る限り一人しかいない。

彼は見た。自分たちの隣に舞い降りた青い飛竜と、そこに騎乗する見慣れた男の姿を。

クリスティーナが歓声を上げる。

「ロファーシル！　来てくれたのですね‼」

「クリスティーナ様！　ご無事でしたか！」

ロファーシルは、国王とクリスティーナがいるのを見て安堵し、騎乗したまま一礼する。

「陛下！　剣聖ロファーシル、ただいま馳《は》せ参《さん》じました！」

剣聖と呼ばれる男の登場に、国王軍は一気に沸き返る。

だが……そうなると一つの疑問が皆の頭に浮かぶ。

ならば、あの赤い竜騎士は一体誰なのだと。

エディセウスはロファーシルに尋ねた。

「ロファーシル、よく来てくれた！　だが、あの赤い竜騎士は？」

剣聖は、全幅《ぜんぷく》の信頼を滲《にじ》ませて自らの主に答えた。

「陛下、あのお方は光の勇者殿です」

クリスティーナが思わず問い返す。

「光の勇者、それは一体？」

丁度その時、赤い闘気に輝く飛竜が彼らの上空にやってきた。

ロファーシルは、その姿を見て笑みを浮かべる。

「アルーティアの竜騎士。そして、このロファーシルめが全力で立ち向かい敵わなかったお方。真のものふでございます」

12、戦いのさなかへ

俺は、ロファーシルのその言葉を聞いて苦笑した。

まったく、あの剣聖殿は一々大げさだぜ。どう見ても俺は、真のもののふってタイプじゃないだろ。

レベルがカンストしているお陰で、動体視力や聴力は超人並みだ。

こっちが降りていく前にハードルを上げるのは勘弁してほしいぜ。

『確かに。どっちかっていうと、再就職先を探している食いつめ浪人《ろうにん》って感じですよね。カズヤさんは』

……誰が食いつめ浪人だ。

この女は、相変わらず古傷をザックリとえぐってきやがる。

オブラートに包むつもりなら、もっとしっかりと包みやがれ。

『だって、パトリシアさんに奢《おご》ってもらってたじゃないですか。真のもののふが、洋食屋で女の子にとんかつ定食を奢ってもらいますか？』

（うるせえよ、こっちにも事情ってやつがあるんだよ）

確かに金がなくてパトリシアに出してもらったが、あれは別に貧乏《びんぼう》だからではない。気の利かない女神が、財布を一緒に転生させてくれなかったせいだ。

俺の腕の中では、アンジェリカが身を乗り出すようにして地上を見つめている。

戦いの前にロファーシルの方へ移そうとしたが「時間がないから」と聞かなかったので、そのまま一緒に黒い飛竜の群れに突っ込んだのだ。余程家族のことが心配だったんだろう。

俺がアッシュと共に竜騎兵を狩っている間、こいつは一度も悲鳴を上げなかった。戦場も初めてらしいのに大した奴だ。

そんな勝気なお姫様に家族の安否を教えてやる。

「安心しろ。ロファーシルの話だと、お前の家族は全員無事みたいだぜ」

「ほ、本当に!?」

俺の手をしっかり握りしめてこちらを見つめる、アンジェリカ。

その目には涙が浮かんでいる。

「言っただろう？　泣いたり震えたりするのは後だってな」

「な、泣いてなんかいないわ！」

俺に見られたのが恥ずかしかったのだろう、彼女は慌てて涙を拭く。

このほうがこいつらしいな。俺はそう思いながら地上に降りていく。

敵陣は、ロファーシルがぶっ放した奥義でまだ混乱中だ。

こいつを家族がいる場所に降ろすなら、今がチャンスだろう。

俺はロファーシルが騎乗するゲイルの隣に、アッシュと共に舞い降りる。

そこには、いかにも国王といった服装をしたエルフと、美しいエルフの女性がいた。

アンジェリカは、転びかねない勢いでアッシュから飛び降りると彼らのもとに走っていく。

「お父様！　クリスティーナお姉様!!」

アンジェリカを抱き留めたのは、クリスティーナと呼ばれた女性だ。

お姉様と呼んでいたところをみると、エルフェンシアの第一王女だろう。

アンジェリカから、一番上の姉は王宮魔道騎士団を率いていると聞いている。

「アンジェリカ!!　一体どうして貴方が？」

「アルーティアにいたのではなかったのか？」

彼らにとっては寝耳に水だろう。国王はひと時娘を抱き締めると俺の方を向く。

「我が名は、エディセウス・ルロード・エルフェンシア。貴殿がアルーティアの竜騎士、光の勇者殿だな。ご助力、心より感謝申し上げる！」

「ああ、こんな場所にアンジェリカを連れてくるつもりはなかったんだが、それじゃあ納得しないって様子だったんでな」

クリスティーナ王女が俺に深々と頭を下げる。

「貴方が光の勇者様！　我が国の民をお救い頂きましてありがとうございます！　この国の王女として伏してお礼を申し上げます。私はクリスティーナ、どうかせめてお名前を」

性格もそうだが、アンジェリカとは対照的に地平線とは程遠い胸の持ち主である。

『最低ですね、カズヤさん。こんな時にどこ見てるんですか？』

人聞きの悪いことを言うな。自然と目に入ってくるものはしょうがないだろう。

視界の隅で、ロファーシルの奥義が舞い上げた砂埃が収まっていく。

俺はクリスティーナに言った。

「どうやら、自己紹介は後回しにした方が良さそうだぜ。向こうはまだ、やる気満々みたいだからな」

「そのようだな、勇者殿」

俺の言葉に、ロファーシルは頷いた。

砂煙の少し先で、こちらを睨みつけている男がいる。

どうやらあいつが、宰相のドルーゼスのようだな。

その周りには、おびただしい数の黒い飛竜が羽ばたいていた。かなりの数を倒したが、援軍が来たようでさらに増えていやがった。

ドルーゼスは眉間にしわを寄せながら叫んだ。

「何者だ貴様!!　許さんぞ！　魔将軍エルザベーラ様からお借りした黒竜騎兵をよくも!!」

仮にもこの国の宰相の癖によく言うぜ。

あの黒い竜騎士たちは戦場を通り越して、さらに向こうを目指していた。

放っておけば国境へと逃げている人々を、無残《むざん》に殺す気だったとしか思えない。

非戦闘員どころか、怪我人や子供までいたんだぞ。

「くくく、皆殺しにしてやる！　貴様らも、貴様らが守ろうとしたクズどももな!!」

「この外道《げどう》が！」

ロファーシルが怒りに震えながら、ドルーゼスを見据えている。

黒竜騎兵とやらが一斉に臨戦態勢に入るのが見えた。

俺は右手のロングソードを握りしめた。またがっているアッシュも低く唸る。

「どうやら遠慮はいらないようだな。思った以上のクズ野郎だぜ！」

だが、その時——

激しい魔法攻撃が、こちらの陣営に降り注ぐ。

相手方の新手の部隊が、森の向こうからやってくるのが見えた。

どうやら、増援は黒竜騎兵だけではないらしい。

エディセウスたちは一斉に右手を正面にかざした。

凄まじい衝撃音が響き渡る。

俺たちの目の前に展開されている黄金の魔力の盾が、敵の魔法攻撃を防いでいるのだ。

「ぐぅう!!」

胸を押さえうめくエディセウス。

「お、お父様！　しっかりして!!」

クリスティーナは、膝をつく父親の姿を見て声を上げた。

恐らくここに来るまで延々と戦い続けてきたのだろう。

国王だけではない。周りの連中は皆、満身創痍《まんしんそうい》だ。

歯を食いしばりながら、エディセウスは右手をかざすのをやめない。

「し、死ねぬ！　今はまだ死ねぬのだ……」

偉大なるエルフの王と呼ばれているだけあって、強力な魔力の持ち主なのだろう。彼が支えている範囲は大きいに違いない。

実際にエディセウスがよろめいた瞬間、自軍の結界にほころびが生じた。それは今もそのままだ。

「お父様!!」

「アンジェリカ……」

エディセウスの傍で、アンジェリカが代わりを務めるように右手を前にかざしている。

その魔力で結界のほころびは修復された。

だが、それでも父親の力には及ばないのだろう、アンジェリカの顔が苦し気に歪んだ。

降り止まぬ敵の攻撃に、こちらの結界はきしんでいる。

俺たちが突然の増援に気を取られる中、強化された敵軍の結界の内側でドルーゼスは笑った。

一気に自軍有利に傾いた戦況に勝利を確信したのだろう。

「ふはは、終わりだエディセウス！　何者かは知らんが、たかが竜騎士一人加わったところで貴様らに勝ち目などない。お前を殺して、この俺が新しいエルフの王となるのだ!!」

そう言って黒い宝玉を懐《ふところ》から取り出すと、天に掲げた。

あれは……

ロダードが持っていた宝玉によく似ている。

「くくく、感じるぞ。凄まじい力を！　皇帝陛下が私に授けてくださった力だ!!」

ヤバいな、奴の言う通りとんでもない力を感じるぜ。さっき会話に出た魔将軍エルザベーラとやらが、こいつに渡したのだろう。

その宝玉から漆黒の瘴気が溢れ出ると、ドルーゼスを包み込んだ。

黒く変わっていくドルーゼスの肌と髪の色。そして、瞳が血塗《ちぬ》られたような赤に染まる。

それを見てエディセウスはうめく。

「そ、その姿は……そこまで堕《お》ちたか、ドルーゼス」

クリスティーナが叫ぶ。

「闇に堕ちた貴方はもう魔族と変わらないわ！」

「ふはは、黙れ生意気な小娘が！　この力を見よ!!」

奴が手を振った途端、黒い稲光がこちらの陣営に向かって放たれる。

暗黒のエルフと化したドルーゼスの一撃を受け、アンジェリカが叫んだ。

「駄目！　もう持たない!!」

結界が破られ砂埃が舞い上がる。俺は、その漆黒の稲妻を切り裂いた。

血走ったドルーゼスの目が驚愕に揺れる。

「馬鹿な……貴様、どうやって今の一撃を！」

ロングソードに映る俺の瞳は、強く赤い輝きを放っている。

そして、剣が放った闘気の輝きは今まで以上だ。

ナビ子が俺に尋ねる。

『カズヤさん、あれを使うつもりですか？』

（ああ、最後の切り札にとっておきたかったが、どうやらそんな余裕はないらしい）

ドルーゼスの手にした宝玉から漏れ出す瘴気が、周りの黒竜騎兵の力を高めていくのを感じる。

どうやら、先程のように簡単にはいきそうもない。

俺を乗せてくれているアッシュに目をやる。こいつとならきっと上手くいくはずだ。

覚悟を決めていると、アンジェリカの叫び声が聞こえた。

「光の勇者!!」

それは、色んな感情が込められた叫びに思えた。

俺はしっかりと前を見据えると、アンジェリカに答えた。

「そこでしっかり家族を守ってろ！　巻き込まれないようにな!!」

クリスティーナが声を上げた。

「勇者様、何をなさるおつもりですか！　まさかお一人であの群れに!?　無茶です！」

ロファーシルが王女の言葉に続き、大声で俺に尋ねた。

「勇者殿！　一体何を!?」

「ロファーシル、お前はここで王様たちを守ってくれ。俺は少しばかり本気を出すからな、周りに気を遣ってる余裕がなさそうだ」

俺は息を吸い込み集中する。それと共に、右手に竜を象《かたど》った真紅の紋章が浮かび上がった。

エディセウスとクリスティーナが驚く。

「凄まじい闘気だ！」

「これは、一体!?」

俺はロングソードを固く握り、そしてアッシュの首を撫でた。

「行くぜ、アッシュ」

「グルゥウウウオオオン!!」

頼もしい相棒は大きく咆哮する。

ナビ子が俺に言った。

『言わないんですか？　いつもみたいに、これが最後の戦いだって』

俺はナビ子の言葉に肩をすくめた。こんな時でも、こいつは相変わらずだ。

(最後にするつもりは毛頭ないんでな。慣らし運転は終わりだぜ、アッシュならいけるはずだ)

俺の言葉にナビ子が答える。

『ええ、それじゃあ称号の力を使いますよ』

「ああ！　行くぜ!!」

俺の右手の紋章が、輝きを増していく。

アッシュの闘気が一緒に高まっていくのが分かる。

一瞬、俺を振り返ったアッシュの額には紋章が浮かび上がっていた。

俺の右手の紋章と同じものだ。

「グルォォオオオオン!!」

再びアッシュが咆哮し、その額の紋章が強烈に輝いた。

同時に、俺たちはドルーゼス目がけて突撃する。アッシュの翼が風を切り、結界をぶち破って敵陣に飛び込んだ。

「な、なに!?　馬鹿な！　殺せ！　その男を殺せぇえええ!!」

ドルーゼスの声が戦場に響き渡っていく。

まるで黒い壁のように奴の前に立ち塞がる、漆黒の竜の群れ。

ナビ子は俺に宣言した。

『称号【バーチャル竜騎士を極めた男】を発動。竜騎士の全てのスキルが変化、覚醒します！』

「おぉおおおおお‼」

俺は叫んだ。

真紅の闘気に包まれた俺とアッシュは、漆黒の集団に向かっていく。

クリスティーナの叫び声が聞こえた。

「勇者様！　いけません、駄目ぇえええええ‼」

右手の紋章が、燃え上がるかのように揺らめいた。

すると、俺が手にするロングソードが真っ赤に輝く。

物質や形を超越したかのごとく、剣もまた揺らめいた。

『【竜騎士の剣】が覚醒モードに入りました、【竜神剣《りゅうじんけん》】が目覚めます！』

「ああ、行くぜ！　ナビ子‼」

黒い濁流《だくりゅう》と化した黒竜騎兵の群れ。俺はその中に突っ込んだ。

クリスティーナの悲鳴が聞こえてくる！

「いやぁああ！　勇者様ぁああ‼」

俺がその濁流に呑まれ、蹂躙されたと思ったのだろう。

だがその時、クリスティーナを叱咤《しった》するような叫びが響く。

「お姉様、もう一度結界を！　あいつは、しっかり守ってろって言ったわ！　あんなことで死ななないわよ、あいつ憎らしいぐらい強いんだから!!」

ちっ、もっと言い方があるだろうが、アンジェリカ！

直後、俺は黒い集団を突き抜けた。揺らめくロングソードの表面に俺の姿が反射する。

その額には、ドラゴンの瞳に似た模様が浮き上がっている。

『【竜騎士の瞳】覚醒モード。【竜神眼《りゅうじんがん》】が目覚めました！』

流石に一気にドルーゼスってわけにはいかなかったか。あの黒い宝玉から出る瘴気は厄介だぜ。

黒い瘴気に包まれた黒竜騎兵は、宝玉を持つドルーゼスを守るように編隊を組んでいる。

巨大な群れが、まるで一つの意思を持っているかに見える。

だがその巨大な群れのどてっぱらには、どでかい穴が開いていた。

数十の黒竜騎兵が地に伏している。今の攻防で俺が斬り倒した敵兵だ。

「馬鹿な……」

ドルーゼスが血走った目で、宙に浮かぶ俺たちを見上げている。その顔は怒りと憎悪《ぞうお》に満ちていた。

「……そんな馬鹿な、あり得ん！　こんなことがあってたまるか!!」

アンジェリカとクリスティーナの声が響いた。

「光の勇者!!」

「勇者様！　よくぞご無事で！」

エディセウス陣営が一気に活気づく。

「なんという強さだ！」

「勝てるかもしれぬ」

「ああ、あのお方がいればドルーゼスを、いや帝国を倒せるやもしれぬ！」

ドルーゼスは兵たちの言葉を一笑に付した。

「馬鹿めが。この俺を、帝国をお前たちごときが倒せるだと？　愚か者めがぁあああああ!!」

そう言って、右手に持った漆黒の宝玉を口元にあてる。

そして一気に呑み込んだ。

黒い光がドルーゼスの喉元を大きく膨らませ、嚥下《えんか》されていく。

そのあまりの光景に、エディセウスたちは息を呑んだ。

「一体何を……」

「父上！　あれを!!」

ドルーゼスの哄笑《こうしょう》が響き渡る。

「ふは！　ふははは！　感じるぞ、凄まじい力を!!」

邪悪に歪んだその顔は、もうエルフのそれではない。

男の額には角が生え、口元からは牙が覗いていた。

それだけではない。背中からはバキバキと音を立て、大きな黒い翼が生えていく。

ドルーゼスの血塗られたような瞳は、俺を射抜いていた。

「皇帝陛下はエルフェンシアを捧げれば、この私を帝国の魔将軍の一人として迎えてくださると言った。それを邪魔する者は許さん。くくく、赤い竜騎士よ、まずは貴様を殺す！　この素晴らしい力でな!!」

もはやエルフとは呼べなくなった男の言葉を聞いて、エディセウスは怒りに震えている。

「皇帝にエルフェンシアを捧げるだと！　ドルーゼス、貴様そこまで……」

憤りのあまり言葉を失うエルフの国王。その隣で、クリスティーナがわなわなと唇を震わせて叫んだ。

「貴方はそんなことのために、祖国を売ったと言うのですか!?」

ドルーゼスは欲望に歪んだ顔で、美しいエルフの王女を眺めると笑う。

「そんなこと、だと？　見えぬのか、この素晴らしい力が！　くくく、この国のことは心配するな、貴様らが死に絶えた後はこの俺が魔将軍の一人となって支配してくれるわ！　ふは！　ふははははは!!」

ドルーゼスの体から凄まじい魔力が湧き上がり、真っ赤な目が妖しい輝きを増していく。

クリスティーナは、あまりにもおぞましいその姿を見て吐き捨てる。

「このケダモノ！　貴方みたいな男に支配されて喜ぶ者などいないわ!!」

アンジェリカも姉の言葉に同意する。

「ええ、そんなことになるぐらいなら、死んだほうがましよ！」

「ならば死ねぃいいい!!」

甲高《かんだか》い声でそう叫ぶドルーゼス。その右手に黒い魔力が凝縮《ぎょうしゅく》されていく。

『カズヤさん!!』

ナビ子が危険を告げる。

「ああ！　あれは、ヤバいやつだ!!」

ドルーゼスの額の角がメキメキと音を立てて伸びると、奴の魔力が爆発的に高まるのを感じた。

「死ねぇええいい！　黒魔滅殺《こくまめっさつ》!!」

ドルーゼスが放つ強烈な黒い魔力の玉。

その余波で周囲にいる黒竜騎兵でさえ、焼き尽くされていくのが見える。

間違いなくロダードの【絶望の光】に匹敵《ひってき》する技だ。

恐らく、魔族と化した奴のユニークスキルだろう。

アンジェリカたちが作り上げた魔力の障壁がきしみ、音を立てて崩壊した。

彼女たちを守ろうと、ロファーシルが黄金の狼を放つ。

それは漆黒の魔法を抑え込もうと咆哮を上げるが、凄まじい魔力の奔流にあえなく呑み込まれていった。

「ぐぬう!!」

うめき声を上げて、主たちの前で仁王立ちするロファーシル。

一人ならば逃げきれただろうが、主と運命を共にする覚悟なのだろう。

まったく、不器用《ぶきよう》な野郎だぜ!

「おおぉおおおおおお!!」

俺とアッシュは、ロファーシルの前に立ち塞がった。

赤く燃える剣が、闘気で真紅のドラゴンを作り上げる。

竜牙天翔《りゅうがてんしょう》、そう俺の奥義だ。ユニークスキルの【竜神剣】が目覚めて、その威力は増している。

今や魔族になり果てた男が、それを見て嘲笑う。

「生意気な小娘を先にと思ったが、貴様自ら死にに来るとはな! 愚か者めが!!」

ぶつかり合う奴の黒魔滅殺と、俺の奥義。

徐々にこちらが押されていく。

ロダードの最強奥義を打ち破った時とは状況が違う。

あの時は、まだくそ女神の加護があったからな。

ドルーゼスは、周囲の黒竜騎兵に命じた。

「くくく、奴らを食い殺せ! あの赤い竜騎士も今は身動きすらとれぬわ!!」

その声に大きく翼を広げる、残った黒い竜の群れ。

赤と黒の光が激しく激突する中、エディセウスは言った。

「光の勇者殿、逃げよ！　お主一人ならば何とかなろう!!」

俺は正面を見つめたまま肩をすくめた。

「悪いが、それはロマンがなさすぎるぜ！」

アンジェリカが叫ぶ。

「馬鹿！　行きなさいよ、あんたはアルーティアの勇者なんでしょ!!　パトリシアが待っているわ！」

「確かにな。だから俺は死ぬつもりはない、きっちりとあいつを倒してから帰ってやるぜ！」

俺を見て嬉しそうに微笑むパトリシアを思い出す。

あいつとは、また一緒に飯を食う約束をしてるんだ。

俺はここまで付き合ってくれた、いけ好かない相棒に呼びかける。

(行くぜ！　ナビ子!!)

『ええ、最後のスキルが覚醒します。カズヤさんこれで決めてください！　長くはもちませんよ!!』

13、真《しん》・人竜一体

俺はナビ子の忠告に苦笑いする。

確かに。これで決めなきゃ後がないからな。

顔を引き締めると竜牙天翔を振り抜き、左手でアッシュの首筋を撫でた。

「行くぜ！　アッシュ!!」

「グォオオオオオオン!!」

俺の呼びかけに答えるように、アッシュが大きく咆哮した。

アッシュの額の紋章が輝き始める。

同時に、俺の右手の紋章も今までにない光を放った。

『【人竜一体】が覚醒します。【真・人竜一体】が目覚めます』

アッシュの体から離れ、俺の右手で重なり合う二つの紋章。俺たちは真紅の光に包まれていく。

ロファーシルとアンジェリカの声が聞こえる。

「こ、この光は！」

「光の勇者!!」

揺れる大地。

俺の体を包む輝きが竜牙天翔を後ろから呑み込んだ。そのままドルーゼスの黒魔滅殺とぶつかり合って、凄まじい衝撃波と振動を引き起こしている。

『全ての竜騎士のスキルが覚醒しました。【真・人竜一体スーパーモード】が発動します』

まるで全身が燃え上がり、新たな命として生まれ変わるような感覚。

俺であって、俺でないものに変化していく。アッシュの魂が俺の内側に宿るのを感じた。

ロングソードを握る手は、真紅に染まっている。

そして、背中からは大きな赤い翼が生えていた。

クリスティーナとロファーシルの声が聞こえる。

「ゆ、勇者様のあの姿！　あの背中の翼はまるで……」

「はい、まるで雄々しいドラゴンの翼、それにあの真紅の腕……」

エディセウスが呆然としたような声で言う。

「まさか、融合《ゆうごう》したとでもいうのか……人と竜が一体になったとでも」

その通りだ。

今ここにアッシュはいない、正確に言えばこの俺もカズヤではない。

いるのは、俺でありアッシュである一つの存在だ。

変身が終わる頃、俺たちの闘気は黒魔滅殺をかき消した。

ドルーゼスの命令に従い、黒竜騎兵の群れが俺に迫りくる。

奴が怒声を上げる。

「ドラゴンと融合しただと!?　馬鹿な、こけおどしだ!!　殺せ！　奴を殺せぇぇえええ!!」

上下左右から襲い掛かる黒竜騎兵。

俺とアッシュは、その漆黒の流れを正面から受け止めた。

「なにぃいいい!?」

俺の手には、二刀の刃《やいば》が握られている。

右手にあるのは俺の闘気が乗せられたロングソード、左手に生じた剣はアッシュの闘気が作り出したものだ。

全ての黒竜騎兵が斬り倒され地に落ちていくのを、ドルーゼスの血走った目が見つめている。

「終わりだ、ドルーゼス」

俺の口を通して、アッシュの言葉が辺りに響く。

それを聞いて、ドルーゼスは怒りの声を上げた。

「黙れ！　黙れぇえええ!!」

奴の体がベキベキと音を立てて、また一回り大きくなる。

もはや、魔族とも呼べない漆黒の化け物と化したその男。

奴のプライドの高さを示すがごとく、巨大な角が天を目指して伸びていく。

甲高い高笑いが響いた。

「見たか！　これが帝国の力、新たなる魔将軍ドルーゼス様の力だ！　死ねぇえええええええええい!!」

膨大な魔力が奴の体から放たれた。お得意の黒魔滅殺だ。

俺たちは、左右の剣に闘気を込める。

右手の剣には俺の闘気。同様に、左手の剣にはアッシュの闘気。

「「行くぜ!!」」

俺とアッシュは同時に叫んだ。

刹那に放たれた右手の一閃、そして左手の一閃。

そこから放たれる強烈な闘気が空中でクロスを描き、黒魔滅殺に向かっていった。

「「うぉおおおおお！　真・人竜一体奥義！　ドラゴニッククロス!!」」

真紅に輝く十字がドルーゼスの黒魔滅殺と激突し、それを切り裂いていく。

凄まじい振動と衝撃が俺とドルーゼスを中心に発生し、周囲の地面が大きく窪《くぼ》んでいった。

アンジェリカたちを守っているロファーシルの声が聞こえる。

「おお！　何という力……これが光の勇者殿の本当の力だと言うのか」

ドルーゼスは口からはみ出した牙を擦り合わせ、歯ぎしりをする。

「馬鹿な！　こんなことは、あり得ぬ!!　偉大なる皇帝陛下より授かった力が、貴様ごとき竜騎士に！　ぬぉおおおおお!!」

俺を罵倒《ばとう》しながら、奴はさらに体を膨張させていく。

変貌を続ける奴の姿は、強大な魔物といった方がいいだろう。

周囲の敵兵もそのあまりの変貌ぶりに、戦いを忘れ呆然と立ち尽くしている。

「ドルーゼス様、そ、そのお姿は……」

「ひぃいいい！　化け物!!」

「黙れ！　貴様ら、この偉大な力が分からぬか！　愚か者どもめが!!」

巨大化を続けた奴の体は、ついに禍々しい魔獣《まじゅう》と化した。

大きくねじ曲がった角と長いかぎ爪のついた黒い翼。

それは奴の肥大化したプライドと、歪んだ魂そのものに見える。

ケダモノのような咆哮が夜の森の中に響く。

溢れ出す瘴気と共に、再び膨れ上がる奴の魔力。俺とアッシュは両手の剣を握りしめた。

「「おぉおおおおおお!!」」

クリスティーナが俺たちの背中を押すように叫んだ。

「神よ！　どうか、あのお方に力を!!」

そしてアンジェリカが叫ぶ。

「お願い、光の勇者！　負けないで!!」

負けないで、か。

あいつに言われると何だか背中がむず痒《がゆ》いな。

アッシュも同じように感じたのだろう、我がまま王女のしおらしい言葉に笑みを浮かべた。

最大級の闘気を乗せて、左手の剣がもう一度、十字をなぞるように振り切られる。

同時に俺も渾身の力を込めて、右手のロングソードを振り抜いた。

「言われなくても、負けやしねえぜ‼」

その瞬間——

真紅の十字は、一気に黒い魔獣の体を貫いて背後に抜けていく。

貫通したそれは、一直線に森を切り開いていった。

ドルーゼスの体がビクンと震える。

「ぐぉおおおお‼」

凄まじい叫び声が夜の森に響いていく。

そして、その漆黒の巨体には真紅の十字が刻まれていた。

「ば……かな。そんな馬鹿な……新たな魔将軍であるこのドルーゼス様が、貴様ごときに」

よろめくドルーゼス。その目は憎悪に満ちたままだ。

俺は奴に言った。

「新たなる魔将軍だと？　てめえの体をよく見てみろ。もうただの化け物だぜ！」

肥大したその体からは、制御出来ない程の瘴気が溢れ出し、それが黒い炎となって奴の体を包んでいく。

ドルーゼスは血塗られた目で、俺に向かって叫んだ。

「おのれ、これで勝ったと思うなよ！　エルザベーラ様が、皇帝陛下が貴様を！　ぐぉおおおああああ!!」

この世のものとは思えない断末魔の悲鳴が、辺りに響き渡った。

奴の体は、自らの体から溢れ出た黒い瘴気に呑まれて消え去っていく。

それさえも消えた後に残ったのは、砕け散った黒い宝玉の欠片《かけら》だけだった。

ドルーゼスの身の毛もよだつような最期に、静まり返る戦場。

その場にいる皆の視線が、こちらに集まっていた。

まるで、一瞬時が止まったかのようである。

俺は敵陣に向かって言った。

「お前たちの大将は死んだぜ。どうする、まだ続けるつもりか？」

その言葉で、敵軍の中に動揺が広がっていく。

残された兵士たちは口々に叫ぶ。

「見たか？　ドルーゼス様のあの姿」

「ああ、まるで化け物だった……」

「それに、ご自身を帝国の魔将軍と名乗っていたぞ」

波紋《はもん》のようにざわめきが広がっていく。

どうやら末端の兵士には、奴が帝国の手先だったということまでは伝わっていなかったらしい。

あくまで自分の主人に従っただけなのだろう。

それから反乱軍が崩壊していくのに、さほど時間はかからなかった。

ドルーゼスのあの姿を見れば当然だろう。

奴や元老院を強く支持していた者たちは別として、下級兵士は次々と戦場を放棄していくのが見える。

『ええ、あんな化け物に勝ったカズヤさんと戦おうなんて自殺行為ですからね。もう敵は戦線を維持出来ませんよ』

いや、それどころか反乱軍の中で戦闘が始まっていた。

逃走兵を攻撃しようとする上官たちに、部下たちが抗《あらが》っているのだ。

それが、いつの間にか敵陣全体に波及し、大混乱を生んでいる。

きっと帝国にエルフェンシアを捧げる、というドルーゼスの言葉が引き金になったに違いない。

帝国の脅威に怯え、奴らと同盟を組むことさえ考えていた連中も目が覚めたのだろう。

あくまでも元老院に忠誠を誓い、命からがら隊を組んで撤退していく者もいるが、その数は寧ろわずかだ。

多くの者が戦場を放棄し、散り散りになって逃げていく。

そして、一部の者は武器を放棄した上で国王軍に投降した。

俺はそれを眺めながら、ふぅと一息ついた。

【真・人竜一体】は既に解除されており、傍にはアッシュがいる。

アッシュと融合した姿は、長時間維持出来ないのが難点だ。

「グルゥオオオン!!」

アッシュは勝利を宣言するように、雄々しく一声咆哮する。俺は相棒の首を撫でると礼を言った。

「ありがとな、相棒。お前のお陰だぜ！」

気にすんな、と言わんばかりにもう一声鳴くアッシュ。

そんな様子を見てナビ子が言った。

『そう言えばアッシュさんが「終わりだ、ドルーゼス」とか言ってましたね。何だかカズヤさんよりも勇者っぽくないですか？』

……こいつは、どうしてこう一言余計なんだ。

せっかくこっちが勝利の余韻《よいん》に浸っている時に、ロマンがぶち壊しである。

戦場の状況が完全に落ち着いたところで、俺はエディセウスたちに話しかけた。

「勝つには勝ったけどな、あんたたちももうボロボロだぜ。これ以上戦い続けるのは無理だろ？」

このまま、都を取り戻す戦いが出来るとは思えない。

ドルーゼスは死んだが、魔将軍エルザベーラとかいう奴がエルフェンシアの都にはいるかもしれないからな。

仮に戦いを続けるにしても、もっと情報が欲しい。

クリスティーナは俺の前に進み出ると言った。

「私たちは大丈夫です。これしきのこと……」

そう言ったのはいいが余程疲れていたのだろう、足がふらついてこちらに倒れ込む。

「きゃ！」

「おっと」

俺はエルフェンシアの第一王女の体を、しっかりと抱き留める。

「だから言っただろう？　あんたが一番ボロボロだぜ」

美しい服には、汚れて破れている部分もある。

それに気が付いたのか、クリスティーナは顔を赤く染めた。

大きな瞳が、動揺したように揺れている。

「あ……あの、ごめんなさい私。こんな姿で」

慌てて俺から身を離すクリスティーナ。

『嫌われましたね、カズヤさん。女性に対して「ボロボロ」なんて失礼もいいところですよ』

だから、そういう下心で気遣ったんじゃねえよ。

クリスティーナだけではない、エディセウスも疲れ果てた様子で体を休めていた。

いずれにしても、このままにはしておけない。

俺は端末を取り出してパトリシアに連絡を取った。

連絡を待っていたのだろう、アルーティアの王女の顔がすぐに画面に映し出される。

「勇者殿！　無事か!?」

あいつが俺のことを本当に心配してるのが分かる。

状況が許せばすぐにでも飛んできたいといった表情だ。

「ああ、パトリシア。俺は無事だ」

そう答えると、パトリシアは安堵の表情になり涙を浮かべる。

彼女の後ろでは歓声が響いている。俺たちの会話が聞こえたのだろう。

すぐにセレスリーナの姿も画面に映った。俺は二人に話しかける。

「なあセレスリーナ、パトリシア。実はお前たちに頼みたいことがあるんだ」

俺の言葉にアルーティアの女王と王女は頷くと、その大きな狼耳を傾けた。

14、帝国の影

カズヤがドルーゼス軍を打ち破った丁度その頃。

その様子を遠方より眺めている一人の男の姿があった。

羽ばたく黒い翼が、月明かりに照らし出されている。

魔族である。

だが、その姿はロダードとは随分違っていた。

翼は生えているが、それ以外の特徴は極めて人間に近い。

透き通るように白い肌と、洒落《しゃれ》た黒い衣装。そして、銀髪に銀眼。

見た目の年齢は二十代後半。端整な顔立ちをした、いかにも貴族といった雰囲気の男だ。

男の周りには、戦場からやって来た黒く小さな生き物が数匹羽ばたいている。

漆黒の蝙蝠《こうもり》だ。

その生き物たちは男に何かを告げるように、周辺を飛び回った。

「ほう、アルーティアの光の勇者だと？　知らぬ名だな」

銀色に光る男の目が細められる。

「しかし、ドルーゼスめ。あの宝玉まで渡してやったというのに、まさかたった一人の男に倒されるとは。使えぬ男だ」

かなりの距離があるというのに、あの戦場で起きていることが見える——恐ろしい視力の持ち主だ。

その時、蝙蝠の群れが集まり、一人の男に姿を変えた。そして馬鹿にしたような声音で喋《しゃべ》り出す。

「馬鹿な奴だぜ。エルザベーラ様のコレクションに加えてもらえなかった男だ。魔将軍になんぞなれるわけもねえのにな」

現れたのは十代後半の、少し軽薄《けいはく》そうな若者だ。

興味深そうに遠い戦場を眺めている。

「どうするデュラン。いっそのこと、今あいつをやっちまうか？」

愉快そうに笑う若者。

デュランと呼ばれた男は、冷徹《れいてつ》ともいえる銀色の目で若者を見つめた。

「ほう、お前ならあの男に勝てるのか？　アラン」

「さあな。だがよ、皇帝陛下の魔力が込められた『魔宝玉《まほうぎょく》』、あれを呑み込んだ状態の化け物を倒すような野郎だぜ。コレクションナンバー3の俺には、ちと苦しいかもしれねえな」

アランは笑みを浮かべると、そそのかすかのようにデュランに言った。

「だが、ナンバー1のあんたなら分からねえ。そもそもエルザベーラ様のコレクションじゃなけりゃ、あんたはとっくに魔将軍だ。噂じゃあ、あの魔将軍ロダードよりもあんたの方が強いって話じゃねえかよ？」

アランの言葉に、デュランは静かに答えた。

「誰が誰それより強いなど下らぬ話だ。今回の我らの任務はあくまでも偵察《ていさつ》。奴を倒せるかどうかは後で考えればいい。それに、ロダードでは適切な物差しにはならんだろう。あの男がアルーティアから来たのであれば、ロダードはもう死んでいる。恐らくはメルドーザもな」

デュランの言葉に、アランの表情が凍《こお》り付く。

「おい……冗談だろ？　それも、あいつがやったってのかよ」

「他に誰がいる？　もしもアルーティアが陥落《かんらく》しているのならば、奴等の国境警備兵がエルフェンシアを援護する余裕などないはずだ」

デュランの視線の先には、飛竜の群れがいた。

アランは舌打ちする。

「ちっ、あの飛竜もあの男が呼んだってのか？　……信じられねえ、魔将軍と邪竜メルドーザを倒せる男が、こんなところにいるなんてよ」

「アラン、一度引くぞ。エルザベーラ様がお待ちだ。戦況と共に、あの男の報告をせねばなるまい」

まるで夜の支配者のごとく、優雅に翼を広げるデュラン。

アランも同じく背中の翼を広げながらデュランをからかう。

「いいのかよ、デュラン。あの男のことを報告すれば、あのお方は間違いなくコレクションに加えたがるぜ。実際にあの男は強い。もしかすると、ナンバー1が久しぶりに変わっちまうかもしれねえな」

そう言った直後、アランは凍り付いたかのように固まった。

隣の男から放たれる、得体《えたい》のしれない威圧感がそうさせるのだ。

（ちっ！　何だ今のは。この俺様がビビったとでもいうのかよ！）

一瞬平衡《へいこう》感覚が掴めなくなったアランは、再び無数の蝙蝠に姿を変えた。デュランから逃れるべく夜空を羽ばたく。

それを一瞥することもなくデュランは言った。

「それはあのお方が決めることだ。帝国魔将軍にして最上位魔族の一人であられる夜の女王、ヴァンパイアクイーンであるあのお方がな」

◇◇◇

パトリシアたちに頼みごとをした後、俺たちはアルーティアとエルフェンシアの国境の街、ミラファトルを目指していた。

国王とクリスティーナ、そしてアンジェリカを乗せた馬車に俺も同乗している。

アッシュはロファーシルを乗せたゲイルと共に、俺たちの上空にいるはずだ。

俺は端末を使い、セレスリーナとパトリシアに礼を言う。

「セレスリーナ、パトリシア。国境の街への人々の受け入れ、感謝するぜ」

画面に映ったアルーティアの女王と王女は笑顔で答えた。

「今は緊急時、当然のことをしたまでです」

「うむ！　勇者殿、今物資を各地より集めて、飛竜部隊でミラファトルに輸送《ゆそう》させている」

エディセウス王とクリスティーナは二人に何度も頭を下げていた。

「セレスリーナ女王陛下、パトリシア王女殿下。この度のご支援、心から感謝申し上げる」

「本当にありがとうございます！」

両国の王族同士の挨拶が終わると、猫耳娘が女王たちの後ろから顔を出した。

セレスリーナが微笑みながら俺に言う。

「パトリシアもリンダも勇者様のことを心配して、連絡はまだかとずっと端末の前にかじりついてたんですのよ」

当の二人は女王の言葉に照れたように笑う。

「へえ、可愛いところもあるじゃねえかよ」

「当然やろ？　おっちゃんが死んだら、とんかつ定食もう食べられへんもん」

おい！　そっちの心配かよ!?

だが、涙ぐんでいるところを見ると、こいつなりの照れ隠しだろう。

パトリシアは顔を真っ赤にして恥ずかしそうに俯いた。

「か、可愛いなどと。勇者殿、皆が聞いている」

……そういう意味じゃないぞ。パトリシアも相変わらずである。

俺はなんだかほっとしながら、画面の向こうにいる二人の笑顔を見つめていた。

パトリシアたちと再会の約束をして通信を終えると、美しいエルフの第一王女が俺の方を向いて一礼する。

「そういえば、勇者様のお名前をまだお伺いしていませんでしたわ。私はクリスティーナ・リーア・エルフェンシア、改めてご挨拶させて頂きます」

「ああ、俺はカズヤだ。よろしくな、クリスティーナ」

そう言って右手を差し出すと、クリスティーナはしっかりとその手を握り返した。

それを聞いていたアンジェリカは、俺の隣で何度も「カズヤ」とそっと繰り返す。

この世界では珍しい名前だろうからな。

そして、少し躊躇《ちゅうちょ》した後、思い切った様子で顔を上げた。

「カ、カズヤ……ありがとう。感謝しているわ」

天使のような顔を真っ赤に染めて、俺を見つめるエルフェンシアの第三王女。

プライドの高いこいつにとっては、精一杯の礼なのだろう。

俺は差し出されたアンジェリカの手を握る。

遠くに国境の街の明かりが見える。俺は馬車の窓から暫くそれを眺めていた。

疲れたのだろう、気が付くとエディセウス王もクリスティーナも目を閉じている。

そして、隣に座るアンジェリカは、俺の肩に頭を寄せるようにして眠りに落ちていた。

Ohitoyoshi shokunin no Burari Isekai Tabi
お人好し職人のぶらり異世界旅
1〜3
DENDENSEKAI
電電世界
借金返済から竜退治まで、なんでもやります
世話焼き職人!
ネットで大人気!!
お助け職人の異世界ドタバタ道中
始まり始まり!
電気工事店を営んでいた青年石川良一《いしかわりょういち》は、不思議なサイトに登録して異世界転移した。神様からチートをもらって、ぶらり旅する第二の人生……のはずだったけど、困っている人は放っておけない。分身、アイテム増殖、超再生など神様から授かった数々のチートを駆使して、お悩み解決。時には魔物を蹴散らして、お助け職人今日も行く!
お人好し職人のぶらり異世界旅 3
電電世界
神様の課題をこなすため、神殿巡って加護集め。
累計4万部!!
海越え山越え異世界遍路?
お助け職人の異世界ドタバタ道中、第3弾!
アルファポリス
◎各定価:本体1200円+税 ◎Illustration:シソ(1〜2巻) 青乃下(3巻〜)
1〜3巻好評発売中!

この作品に対する皆様のご意見・ご感想をお待ちしております。

おハガキ・お手紙は以下の宛先にお送りください。

【宛先】

〒150-6005 東京都渋谷区恵比寿 4-20-3 恵比寿ｶﾞｰﾃﾞﾝﾌﾟﾚｲｽﾀﾜｰ 5F
（株）アルファポリス　書籍感想係

メールフォームでのご意見・ご感想は右のＱＲコードから、
あるいは以下のワードで検索をかけてください。

アルファポリス　書籍の感想　検索

ご感想はこちらから

本書は、「アルファポリス」（http://www.alphapolis.co.jp/）に掲載されていたものを、
改題・加筆・改稿のうえ書籍化したものです。

異世界《いせかい》でいきなり経験値《けいけんち》２億《おく》ポイント手《て》に入《い》れました

雪華慧太（ゆきはなけいた）

2018年 12月 25日初版発行

編集ー矢澤達也・篠木歩・太田鉄平
編集長ー塙綾子
発行者ー梶本雄介
発行所ー株式会社アルファポリス
〒150-6005 東京都渋谷区恵比寿4-20-3 恵比寿ｶﾞｰﾃﾞﾝﾌﾟﾚｲｽﾀﾜｰ5F
TEL 03-6277-1601（営業）　03-6277-1602（編集）
URL http://www.alphapolis.co.jp/
発売元ー株式会社星雲社
〒112-0005東京都文京区水道1-3-30
TEL 03-3868-3275
装丁・本文イラストークロとブチ
装丁デザインーansyyqdesign
印刷ー中央精版印刷株式会社

価格はカバーに表示されてあります。

落丁乱丁の場合はアルファポリスまでご連絡ください。

送料は小社負担でお取り替えします。


ISBN978-4-434-25478-9 C0093